나는 페루에서
비로소 자유로워졌다

의대 교수 은퇴 후, 덜컥 떠난 페루에서의 8개월

나는 페루에서
비로소 자유로워졌다

김원곤

Denstory

처음 어학연수 아이디어를 내고
끝까지 밀어준 아내에게
이 책을 바칩니다.

프
롤
로
그

학창 시절 시험을 위한 목적을 제외하고는 외국어에 대한 특별한 관심은 없었다. 제2외국어는 더 말할 것도 없었다. 더군다나 서울대 의과대학 흉부외과 교수라는 안정된 직업에서는 영어만 제대로 하면 그것으로 이미 필요하고도 충분한 조건을 갖춘 셈이었다.

그런데 2003년 어느 봄날, 장차 개인적 운명의 전환점이 될 생각 하나가 나비같이 살포시 마음 한 곳에 내려앉았다.

'이제 우리 나이로 50이 되었는데 더 늦기 전에 외국어를 하나 더 배워두면 보람이 있지 않을까?'

궁리 끝에 일본어를 배우기로 결심하고 그해 6월에 첫발을 내디뎠다.

사실상 그것으로 끝이 나야 할 계획이었다. 그런데 2년 후인 2005

년 일본어가 어느 정도 익숙해지자 중국어까지 공부하여 한·중·일 3
국의 언어를 같이 비교할 수 있었으면 하는 생각을 했고, 실행에 옮기
고 말았다.

그 이후에도 이미 던져진 운명의 주사위는 관성의 힘으로 두 번 더
굴러갔다. 2006년에는 프랑스어 공부에 뛰어들었고, 그 이듬해인 2007
년에는 스페인어를 마지막으로 추가했다.

사실 냉정하게 이야기하자면 공부는 누구든지 얼마든지 시작할 수
있다. 시작으로만 따지자면 20~30개 외국어인들 개인 이력에 추가하
지 못할 이유가 있겠는가? 결국 문제는 배운 것을 어떻게 유지하느냐
하는 것이었다.

이제 와 말이지만, 사서 고생도 그런 사서 고생이 없었다. 현실적인
이익이 있는 것도 아니고 그렇다고 특별한 장래 계획이 있는 것도 아닌
상황에서 매일 일정 시간을 외국어 공부에 할애해야 하는 것은 그야말
로 옆의 아름다운 산책길을 놔두고 스스로 가시밭길을 선택해 걷는 것
과 다름이 없었다.

공부에 자극을 주기 위해 '학습 동기 유발 테크닉'도 써보았다. 자
청해서 1년 내에 3개월 간격으로 각각 중국어, 일본어, 프랑스어, 스페
인어 고급자격시험에 도전하여 모두 합격하겠다는 계획을 세웠다. 운이
작용했는지 결과적으로 2011년 3월 중국어 HSK 6급 합격, 7월 일본어
JLPT N1 합격, 11월 프랑스어 DELF B1 합격, 마지막으로 2012년 5월 스

페인어 DELE B2 합격을 성공적으로 이루어내었다.

그리고 2019년 8월 마침내 정년을 맞이하게 되었다. 그런데 정년 3년 전쯤인 어느 날 아내가 문득 한마디를 던졌다.

"3년 후에 정년 퇴임하면 어학연수를 한번 해보는 것은 어때요?"

뒤늦게 시작한 어학 공부에 대한 남편의 열정을 평소 옆에서 지켜보면서 남편에게 주는 퇴임 기념 선물이라고 했다. 처음에는 웃어넘겼지만 생각할수록 짧지 않은 개인적 어학 공부 여정에 유종의 미를 거두는 일이며 그동안 노력의 체면을 살리는 길이라고 여겨졌다.

결심이 서자 구체적인 계획 수립에 들어갔다. 2019년 8월 정년 퇴임 후 반년간의 준비를 거친 뒤 2020년 3월부터 스페인어, 프랑스어, 중국어, 일본어의 순서로 각각 3개월씩 어학연수를 하고 중간중간에 3개월씩 재충전 기간을 갖는 총 2년의 계획을 세웠다. 그리고 이 계획을 2019년 8월 말에 있었던 서울대 의과대학 퇴임식장에서 퇴임사를 빌려 공개적으로 천명하였다.

그렇게 해서 마침내 2020년 3월 2일, 스페인어 연수를 위해 페루로 출국했다. 이후 전혀 예기치 못한 코로나19 사태로 인해 부득이하게 2020년 가을로 계획된 프랑스어 연수를 이듬해로 미루고, 그 대신 페루에서의 스페인어 연수 기간을 애초의 3개월에서 8개월로 늘렸다.

아무튼 이 모든 것이 운명의 힘이 아니라면 평생을 의대 교수로 지낸 사람이 4개 외국어 어학연수에 뒤늦게 도전하는 것이 가당키나 한 일이겠는가!? 이 책은 그 도전의 첫 단추인 페루에서의 스페인어 연수에 대한 치열했던 개인적 여정에 대한 기록이다.

2021년 7월

김원곤

목
차

프롤로그   006

◇◇

Chapter 1
이 나이에 어학연수라니!

왜 페루인가?   016
현지 어학원 고르기   019
온라인으로 치른 배치고사   022
초긴장 속 출국   026
에콰도르에서 우여곡절 일주일   031
마침내 페루 입국   034

◇◇

Chapter 2
좌충우돌 페루 연수

대망의 어학연수 시작   038
난데없이 국가 비상사태 선포라니!   042
꼼짝없이 갇혀 온라인 수업   045
궁즉통, 어려움 속에서 찾는 해법   048
방구석 식도락도 즐거워   052
페루를 위한 변명   054

페루의 역설 064

4개월 만의 레스토랑 식사 069

페루의 민망한 현실을 집약한 디스코텍 참사 078

상처뿐인 정상화 081

3개월 만에 받은 어학연수 평가서 084

Chapter 3

스페인어의 매력

뭐니 뭐니 해도 발음이 쉽다 094

동글동글(o), 아롱아롱(a) 스페인어 098

사족처럼 붙어 있는 단어 앞의 'e' 101

찰진 느낌의 접미어 '-ista' 104

숨 가쁜 스페인어 107

화통한 스페인어 111

골칫거리 접속법 114

스페인어 문장부호- 친절한 금자 씨 119

같은 뜻 다른 표기 122

있는 듯 없는 듯, 없는 듯 있는 듯 동음이의어 126

명사에서 남녀를 따지다니 130

속지 말자, 거짓 친구 133

스페인어에도 존댓말이 있다고? 136

남미 스페인어의 3대 특징 139

꿀 떨어지는 스페인어 단어 10선 146

한국인에게 친숙한 스페인어 150

Chapter 4

페루가 궁금해

남미에서 브라질만 포르투갈어를 사용하는 이유 158

중남미는 원래 4개의 국가였다? 162

리마의 창립자 피사로의 수난 165

남미에는 왜 혼혈이 많을까? 169

왜 아르마스 광장인가? 173

푸른색 바다와 초록의 도시, 리마 176

밴치와 벽화, 그리고 케네디 공원의 고양이들 182

학교에 물이 없다고? 186

하늘과 땅, 리마의 치안 상태 191

미라플로레스의 빛과 그림자 195

Chapter 5

외국어를 공부하는 이유

이 좋은 세상에 202

백조의 미학 206

어학 공부에 필요한 것   211

역발상의 욜로   215

자투리 시간과 멍 때리기   218

외국어 공부와 고산 등반   222

손바닥 컵과 엿 만들기   225

발전에 대한 확신의 문제   228

버릴 것은 버릴 줄 아는 지혜   234

티끌을 계속 모을 수밖에   238

Chapter 6

시니어를 위하여

이 나이에 외국어 공부라니   244

시니어들이 외국어 공부를 해야 하는 이유   249

외국어 공부와 치매 예방   254

숙성의 미학   258

시간은 나의 편!   262

나이는 그냥 숫자일까   266

에필로그   272

Chapter 1

이 나이에 어학연수라니 !

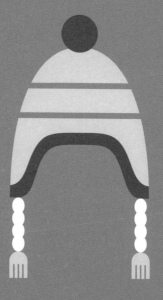

왜 페루인가?

현재 전 세계 5억 명 가까운 인구가 스페인어를 모국어로 사용하고 있다고 한다. 사용 인구수로만 보면 중국어에 이어 세계 2위다. 영어, 프랑스어, 러시아어, 아랍어, 중국어와 함께 유엔 공용어에도 당당히 이름을 올리고 있다.

스페인어를 단독 공용어로 사용하는 국가는 모두 21개국. 스페인 본토와 아프리카의 적도기니를 제외하면 나머지 19개국이 모두 중남미에 몰려 있다. 우선 중미와 인근 카리브해에는 인구 대국 멕시코를 필두로 과테말라, 니카라과, 도미니카 공화국, 엘살바도르, 온두라스, 코스타리카, 쿠바, 파나마, 푸에르토리코 등 10개국이 있다. 남미에는 베네수엘라, 볼리비아, 아르헨티나, 에콰도르, 우루과이, 칠레, 콜롬비아, 파라과이, 페루 등 9개국이 있다.

스페인어를 모국어로 사용하는 국가가 이렇게 많다는 것은 선택의 폭이 그만큼 넓다는 뜻이 된다. 그러나 실제로는 지역의 안전도, 연수 비용, 발음 및 어법의 차이 때문에 선택지가 그렇게 많지는 않다. 그런 가운데서 페루를 어학연수지로 택한 것은 다음과 같은 이유에서였다.

첫째, 스페인어가 주요 국제어로 인정받고 있는 것은 오늘날의 스페인이 특별한 정치적, 경제적 파워를 가지고 있기 때문은 아니다. 오히려 현실은 그 반대쪽에 가까울지 모른다. 스페인어는 과거 스페인이 대항해 시대에 아메리카 대륙에 선두 주자로 진출한 덕분에 그 위상을 유지하고 있다고 볼 수 있다. 그렇지 않다면 아마 요즘의 이탈리아어 정도의 관심을 얻고 있지 않을까?

이런 측면 때문에 진정한 의미에서 오늘날의 스페인어를 가치 있게 만들고 있는 중남미에서 어학연수를 받고 싶었다. 그리고 이를 통해 스페인어가 아메리카 대륙으로 진출하면서 역사적으로 어떻게 변화하게 되었나를 직접 경험해보는 것도 큰 의미가 있다고 생각했다.

둘째, 많은 라틴아메리카 국가 중에서 이왕이면 잉카 문명의 중심지에서 스페인어를 경험해보고 싶었다. 잉카는 과거 아메리카 대륙에서 최대의 영역과 세력을 확보했던 제국이었으나, 콩키스타도르 (conquistador·정복자) 피사로가 이끄는 불과 수백 명의 스페인 점령군에게 철저하게 유린당한 아픈 역사가 있다. 그리고 오늘날의 페루가 바로 그 역사의 현장인 것이다. 평소 역사에 관심이 많은 나에게는 이런 의미에서라도 페루가 스페인어 어학연수에 안성맞춤의 장소가 아닐 수 없었다.

셋째, 스페인어 연수 후 이어질 프랑스어 연수와 연결된 문제였다. 프랑스어 연수는 어차피 프랑스 이외에 마땅한 대안이 없는 상황에서 서로 국경이 붙어 있는 인근 국가에서 잇따라 어학연수를 한다는 것이 약간 무미건조하게 느껴졌다. 언어 공부에는 어차피 문화와 사회적 체험이 필연적으로 따르기 마련인데 이왕이면 완전히 다른 환경을 접해 보는 것이 전체 틀을 고려할 때 보다 효율적이라고 생각한 것이다. 게다가 비자를 따로 발급받지 않는 한 솅겐조약(유럽연합 회원국 간에는 비자나 여권 없이 자유롭게 오갈 수 있게 한 협정)에 의한 체류 기간의 제한 문제도 당연히 고려 대상이 되었다.

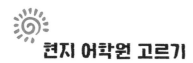

현지 어학원 고르기

어학연수지를 페루로 결정하자 출발 예정일을 6개월 정도 앞둔 2019년 10월, 현지 어학원 선정에 착수했다. 국내에서 제반 과정을 대행해주는 이른바 유학원이 있었지만 혼자서 알아보는 쪽을 선택했다.

사실 요즈음은 인터넷이라는 편리한 수단이 있기 때문에 약간의 시간과 노력만 투자하면 조건에 맞는 어학원을 찾는 것이 그렇게 어렵지는 않다. 요모조모 따져본 뒤 정한 곳이 페루의 수도 리마의 중심지이자 치안상으로도 가장 안전하다고 알려진 미라플로레스구(區)에 위치하고 있는 '페루와이나Peruwayna'라는 이름의 어학원이었다.

어학원을 결정하자 바로 홈페이지를 통해 등록 신청을 하였다. 수업 시작일은 3월 9일로 하고 일단 한 달 수업으로 신청하였다. 애초 계획한 스페인어 연수 기간은 3개월이지만, 이 어학원이 과연 나에게 맞을지 알 수 없기 때문에 나머지 2개월은 현지에 가서 신축성 있게 대처하기 위한 것이었다.

출국 항공편은 3월 2일이었지만 일주일 후로 수업 시작일을 신청한 것도 이유가 있었다. 시차 적응을 겸해서 평소 관심이 있던 갈라파고스 제도를 비롯한 에콰도르 여행을 일주일 정도 하고 페루로 입국할 예정이었기 때문이다.

어학원 홈페이지에서 제시하는 수업 과정은 다양했다. 나는 최대한 공부에 몰입하기 위해 가장 강도가 높은 주 30시간 수업인 'Super-Intensive Immersion' 프로그램을 신청하였다. 주 5일 수업인데, 매일 오전 4시간의 소규모 그룹 수업과 오후 2시간의 1 대 1 개인 수업으로 구성되어 있는 과정이었다.

희망 수업 레벨도 함께 적게 되어 있었는데, 과거 'DELE B2'에 합격한 사실을 근거로 'Advanced Course'로 신청했다. 참고로 어학원에서 자체적으로 규정하고 있는 수업 레벨 기준은 다음과 같았다.

Basic (1 and 2) - **A1에 해당**

Pre-Intermediate (1 and 2) - **A2에 해당**

Intermediate (1 and 2) - **B1에 해당**

Advanced (1, 2 and 3) - **B2에 해당**

＊Superior(C1에 해당) and Proficiency(C2에 해당) levels are only available with private classes.

등록 신청 이틀 후 어학원으로부터 장문의 안내 메일이 도착했다. 학원 강사진에 대한 홍보 및 자랑으로 시작된 메일은, 내가 선택한 'Advanced level(B2)'의 'Super-Intensive Immersion Program'은 그 수준에 해당하는 학생이 거의 없어 그룹을 만들기가 어려울 것이라는 내용으로 이어졌다. 등록 학생들의 대부분이 초중급 수준인 A1, A2, B1 레벨이라는 설명이었다.

그런데 정작 중요한 것은 그다음 내용이었다. 먼저 온라인 시험을 치러서 내가 주장하는 레벨이 맞는가를 확인하자는 것이었다. 만일 사실이라면 1 대 1 교습만으로 이루어지는 주 10시간의 'Semi-Intensive Private Program'을 추천한다고 했다. 그리고 마지막으로 내년 3월 어학원에 도착하면 간단한 구술시험을 치러 수준을 최종 확인하는 절차가 있을 것이라고 했다.

원하는 수업이 개설되기가 쉽지 않을 것이라는 소식은 다소 실망스러웠지만, 어쨌든 테스트를 해보자는 요구는 정당한 것이기에 특별한 불만은 없었다. 그런데 시험이라는 것은 미리 준비가 필요한데 엉겁결에 덜컥 치러 괜히 망신이나 당하는 것은 아닌가 하는 걱정이 은근히 앞섰다.

온라인으로 치른
배치고사

어차피 맞아야 할 매라면 빨리 맞기로 결심했다. 일단 어학원에서 안내해준 사이트로 들어가 간단한 인적 사항을 입력하고 온라인 시험을 치렀다. 시험은 문법·어휘 파트와 작문 파트로 나뉘어 있었는데, 문법 관련 문제는 접속법에 관한 문제가 많았던 것이 인상적이었다. 아마도 B2 레벨을 판가름하는 중요한 척도가 접속법에 대한 충분한 이해가 아닌가 하고 생각되었다.

시험 시간은 딱히 정해져 있지 않았는데 아마도 자동 모니터링 시스템이 있을 것으로 생각되었다. 그런데 사실 알면 알고 모르면 모르는 것이기 때문에 괜히 시간을 끌 이유도 없었다. 있는 실력 그대로를 보여주는 것이 앞으로의 효과적인 교육을 위해 나에게도 도움이 될 것이기 때문이었다.

어쨌든 객관식으로 이루어진 수십 문항의 문법 시험을 마치니 작문 시험 문제가 주어졌다. 여러 문제 중에 랜덤하게 제시되는 것으로 생각되었다. 당시 제시된 작문 주제는 다음과 같았다.

다른 도시에 사는 친구 집에 놀러 갔다가 집에 돌아가는 날, 예약한 비행기편의 오버부킹 문제로 그다음 날 떠날 수밖에 없다는 통보를 받게 된다. 문제는 업무 관계로 그날 꼭 떠나야 한다는 것. 할 수 없이 친구에게 돈을 빌려 버스로 집에 가게 되었다. 이후 집에 도착했다고 가정하고 항공사에 항의 편지를 보내 보상을 요구하라.

온라인 시험의 이점을 이용해 전자사전의 도움을 적당히 받았지만 원하는 대로 글이 만들어지지 않는 것은 어쩔 수가 없었다. 최저 요구 단어 수인 150단어를 넘겼는지도 자신이 없을 정도였다. 어쨌든 시험을 마치고 결과를 기다리는 동안 최종 레벨과 관계없이 수업 시간에 대한 결정부터 빨리 짓고 싶었다. 무엇보다도 일전에 어학원이 대안으로 제시한 '주 10시간' 같은 느슨한 프로그램은 싫다는 뜻을 가급적 빨리 밝히고 싶었다. 그래서 스페인어 연습도 할 겸 일부러 스페인어로 메일을 보냈다. 만일 고급 수준의 학생들을 모집하기 힘들어 주 30시간 수업(소그룹 20시간 + 개인 수업 10시간)의 개강이 어려워진다면, 1 대 1 수업으로 진행하되 주 20시간 또는 30시간으로 진행하기를 원한다는 내용이었다.

그런데 이메일을 보내면서도 정작 온라인 시험 결과가 B1 이하로 나오면 이런 부탁이 얼마나 멋쩍은 일이 될까, 은근한 걱정이 앞섰다. 그러나 만일 B1으로 나오더라도 체면이 좀 깎이는 것뿐이지, 반 편성은 오히려 최초에 원하던 소그룹 20시간 + 1 대 1 수업 10시간이 가능해지니까 좋은 점도 있다고 생각했다.

이메일을 보낸 뒤 하루가 지나자 어학원으로부터 답신이 왔다. 우선 스페인어로 보낸 메일에 대한 화답인지 스페인어로 메일을 보낸 것이 마음에 들었다. 메일은 전 수업을 1 대 1 수업으로 바꾸는 데에 동의해준 융통성에 감사하다는 아부성 멘트로 시작해 일단 주 20시간으로 수업을 시작하자는 내용이었다. 그리고 무엇보다도 시험 결과 레벨이 'Avanzado 2(B2-2)'에 해당한다고 축하를 해주었다. 'Avanzado'는 영어의 'Advanced'를 뜻한다.

그런데 B2를 세분하여 1, 2, 3등급으로 다시 나누는 것이 흥미로웠다. 어쨌든 B2-2 등급에 해당한다니 바라는 레벨로 공부를 시작할 수 있게 되어 기분이 매우 흡족했다. 어학원 수업 첫날 최종 확인 구술시험이 있을 것이라는 단서가 있었으나 크게 개의치는 않았다.

당시의 생각으로는 어학연수 3개월 후에 회화 영역에서나마 최고급 수준인 'C level'의 문턱에라도 가보는 것이 목표였다. 물론 공식적으로는 그런 식의 자격시험을 치를 필요도 없었고, 또 그럴 계획도 없었기 때문에 어학원으로부터 그에 걸맞은 인정을 받으면 그것만으로도 충분하다고 생각했다. 어쨌든 어학원과의 모든 합의가 원만하게 이루어지자 어학원으로부터 최종 확인 메일이 도착하였다.

'2020년 3월 9일 월요일 아침 8시 반에 학원에서 보자'는 것이었다.

초긴장 속 출국

전혀 예상치 못했던 코로나19 사태로 어수선하기 짝이 없는 가운데, 2020년 3월 2일 월요일 드디어 어학연수지인 페루 리마로 출국하기 위해 인천공항으로 향했다. 멕시코항공으로 멕시코시티를 경유하는 일정이었는데, 인접 국가인 에콰도르에서 일주일 정도 체류한 후에 페루로 들어가는 계획이었다.

그렇게 일정을 짠 구체적인 이유는 세 가지였다.

일단 페루 입국 이후에는 어학연수에 충실하기 위해 페루 이외의 여행은 일절 하지 않기로 결심하였기 때문에, 평소에 관심이 있던 갈라파고스 제도에 이틀 정도나마 잠깐 들러보는 것이 그 첫째 이유였다.

두 번째는 옛 잉카의 북쪽 거점 도시였던 수도 키토와 함께 페루,

나아가서는 남미 전체의 역사에 큰 영향을 미쳤던 볼리바르와 산마르틴의 역사적인 회담이 열렸던 에콰도르의 상업 중심 도시인 과야킬을 잠시라도 보고 그 역사적 의미를 되새겨보는 기회를 갖기 위해서였다.

마지막은 이런 과정을 통해서 자연스럽게 페루 입국 전 현지 시차 적응을 마치고 페루에서는 보다 효율적으로 어학원 수업을 바로 시작하자는 이유였다.

어쨌든 계획대로라면 출국 일주일 후인 3월 8일 일요일 에콰도르의 과야킬에서 리마로 입성하게 되고, 그다음 날부터 어학원 연수 생활이 시작될 예정이었다.

출국 당일 오전 9시경에 인천국제공항 제2터미널에 도착하니 평소의 붐비는 모습은 어디로 가고 이럴 수가 있을까 싶을 정도로 텅 비어 있었다. 한산한 면세점과 라운지의 모습을 보고 있자니 문득 현실감이 떨어지면서 마치 다른 세계에 와 있는 느낌마저 들었다.

당시만 하더라도 중남미 지역은 코로나19 청정 지역으로 언론에 요란스럽게 소개될 때였다. 페루로 어학연수를 간다고 했을 때 코로나19에서 벗어나 안전한 곳으로 간다고 부러워하는 사람들도 주변에 적지 않았다.

그러다가 브라질에서부터 환자가 발생하기 시작하면서 설마설마했는데 출발 이틀 전인 2월 28일, 아내가 TV에서 멕시코에서도 한국인의 입국을 제한한다는 자막 뉴스가 지나갔다고 전해주었다. 황급히 인터넷을 검색해보니 정말 나의 목적지인 멕시코와 에콰도르에서 앞으로 한국인 입국 검역 심사를 강화하겠다는 발표가 있었다. 당시만 해도 멕시코의 코로나19 환자 수는 4명뿐이었고, 에콰도르는 1명에 지나지 않을 때였다.

무엇보다 걱정이 되는 것은 가벼운 일반 감기 증상으로 자칫 코로나19 바이러스 보균자로 오해받을 수 있는 상황이었다. 입국 자체가 좌절되면 오랫동안 계획했던 어학연수의 대장정이 출발선에서부터 무너지는 셈이었다.

그래서 출국 며칠 전부터는 최대한 보온에 신경을 쓰며 미열이라도 생기지 않게 조심하면서 집에서 미리 규칙적으로 체온 측정을 해나갔다. 또 만에 하나 검역관 앞에서 기침이라도 해서 오해를 받을까 염려가 되어 목캔디도 준비하였다.

3월 2일 아침, 공항으로 가는 버스에서도 가급적 두껍게 옷을 차려입고 보온에 애를 썼다. 그런데 당시만 해도 체온 체크는 공항의 어떤 지점에서도 이루어지지 않았다.

인천발 멕시코시티행 비행기 안에서는 한 명도 빠짐없이 마스크를 쓴 한국인 승객과 전원 마스크를 쓰지 않은 멕시코 승무원들이 묘한 대조를 이루고 있었다. 나는 기내에서도 최대한 보온에 애를 썼다.

장시간 비행 끝에 드디어 현지 시각으로 3월 2일(월) 11시경에 멕시코시티공항에 도착했다. 곧이어 방역 당국의 검역이 있을 예정이니 기내에 그대로 앉아 있으라는 안내 방송이 나왔다. 이미 각오를 하고 있었기 때문에 체온계를 손에 든 날카로운 눈매의 검역관의 등장을 기대하고 있는데 갑자기 승무원이 그냥 나가도 좋다고 말하는 것이 아닌가!

약간은 어리둥절하면서 문을 나서니 마스크를 쓴 검역관 서너 명이 입구에서 기다리면서 나오는 승객들을 관찰하고 있었다. 아마 외형적으로 이상 소견이 완연히 있어 보이는 사람을 찾겠다는 의도인 것 같은데, 다소 의외였다. 간단한 발열 체크를 왜 하지 않을까? 아무튼 그렇게 검역을 통과하고 입국 심사대로 가니 아무 일도 없다는 듯이 일상적인 서류 업무가 평범하게 처리되고 있었다.

이후 환승 일정 관계로 멕시코시티에서 12시간을 넘게 보낸 뒤, 3월 3일 새벽 2시 반에 에콰도르의 수도 키토행 비행기에 탑승했다. 승무원들은 여전히 마스크를 쓰지 않고 일을 하고 있었는데, 예상외로 승객들 다수가 마스크를 하고 있었다.

아침 7시경 키토공항에 도착하니 입국 심사장 앞에서 국적에 관계없이 전 승객들을 대상으로 이마에서 체온을 측정하였다. 전날 멕시코의 경험을 상기해보면 뜻밖의 광범위한 검역 방식이었다.

그리고 공항에서 나와 호텔로 가기 위해 택시를 탔는데, 1명이었던 에콰도르 환자 수가 며칠 사이에 7명으로 증가하였고, 그 때문에 에콰도르 국민들의 걱정이 갑자기 커졌다는 것을 알게 되었다. 지금 생각해

보면 웃음이 나올 정도로 보잘것없는 숫자였지만 당시만 해도 미국을 제외하고는 전 아메리카 대륙 중 최다 환자 수였다. 키토행 기내에서 마스크를 착용한 사람들이 많았던 것도 바로 그런 이유에서였던 것이다.

그런데 그 택시기사 이야기로는 마스크가 품절이라고 하는데, 정작 거리에서는 마스크를 쓴 사람들을 찾아보기 힘들었다. 이유를 묻자 택시기사는 지금 지나가는 지역은 키토의 중하층민들이 사는 지역으로, 대부분 자신의 건강에 신경을 쓸 여유가 없는 사람들이기 때문이라고 대답했다. 부유층이 사는 키토 북쪽은 상황이 제법 다르다고 했다.

문득 이런 생각들이 들었다. 중남미는 과연 계속 환자가 적은 상태로 버틸 수 있을까? 팬데믹 초기에는 단지 중국과의 거리가 멀고 교역이 적다는 이유로 청정 국가라는 칭호까지 받았지만, 일단 전염이 시작된 이상 그 미래는 어떻게 될까? 중남미 국가들은 의료 환경이 열악하고 국민들의 보건 관련 의식 수준이 취약한데, 만일 본격적인 확산이 시작되면 얼마나 심각해질까?

이런 걱정에 대한 결과는 그 후 머지않아 현실로 잔인하게 드러났다.

에콰도르에서
우여곡절 일주일

키토에서 간단하게 역사지구 관광을 하면서 하룻밤을 보낸 뒤 3월 4일 오전 10시가 조금 넘어 키토공항에 도착했다. 계획대로 갈라파고스 제도로 떠나기 위해서였다. 탑승구에는 이미 많은 사람이 들어갔는지 10명 남짓한 사람들만이 줄을 서서 절차를 밟고 있었다. 그런데 차례가 되어 여권을 내밀자 담당자가 다른 직원을 부르는 게 아닌가. 영어로 설명을 담당하는 사람이었다.

그가 제법 길게 설명을 했지만 결론은 간단했다. 한국 내의 코로나19 상황으로 그날부터 한국인의 갈라파고스 입도가 금지된다는 것이었다. 중국, 이탈리아, 이란과 함께였는데, 30일 이내에 해당 국가에 체류 경력이 있으면 무조건 안 된다는 설명이었다. 무려 30일 전이라니?

진위와 타당성을 따지고 싶었지만, 사실 그 직원과 더 이상의 대화는 무의미하였다.

그는 거듭 '이것은 갈라파고스 주정부의 결정으로 에콰도르 정부와도 무관한 일'이며, '자신도 이런 상황이 된 것을 미안하게 생각한다'는 입장을 피력하였다. 무슨 다른 방법이 있을 수가 없었다. 공항 의자에 앉아 잠시 생각을 가다듬었다.

일단 전화로 숙소와 항공권 환불 문제를 해결하였다. 그리고 갈라파고스 다음 목적지였던 에콰도르 과야킬까지의 비행편 예약과 키토에서 추가로 이틀을 보낼 호텔 예약을 마무리했다.

비록 계획했던 갈라파고스는 못 갔지만 매력의 도시 키토를 좀 더 살펴볼 수 있는 기회를 갖게 되었다고 애써 자위했다.

그런데 그날 우연히 라메오라는 이름의 키토 토종의 한 영감과 조우하게 되었다. 그에게 여차여차한 사정으로 키토에 더 머무르게 되었다고 이야기하니, 자신이 핵심 관광 지역을 중심으로 합리적인 가격에 교통편을 제공해줄 수 있다고 나섰다. 받아들이지 않을 이유가 없었다.

이래저래 6시간 이상이 소요되는 일정을 30달러에 계약하였으니 상당히 만족스러웠다. 게다가 그가 모르고 있는 것이 있지 않은가. 나에게는 1 대 1 공짜 어학연수의 기회가 주어진다!

어쨌든 라메오 영감과 거의 반나절을 같이 보내면서 온갖 이야기를 나눌 기회를 가지게 되었다. 알고 보니 우리는 한 살 차이였고, 같은 나이에 결혼을 한 우연이 있었다.

내가 결혼 37주년이라고 하니까 라메오는 자신은 38년이라면서 바로 이어서 "38 años de sufrimiento(38년간의 고통)"라고 말했다. 순간 사뭇 진지한 표정을 지어서 빵 터졌는데, 당시에는 내심 그런 농담(정말 단순한 농담이었을까?)을 알아듣은 스스로가 대견한 느낌이 들었다.

젊은 시절 프로축구 선수로 뛰면서 취미로 레슬링을 했다는 다부진 체격의 그는 시종일관 정중한 자세를 잃지 않았다. 또 대화 중 내가 역사에 관심이 많은 것을 눈치채고는 일정에도 없던 '조국(祖國)의 신전Templo de la Patria'이라는 유명한 독립 전투 현장에 추가로 데려가 주기도 하고, 대화 도중 "¡muy entendible!(하는 말을 다 알아듣겠다!)", "¡mucho vocabulario!(어휘력이 대단하다!)" 등의 말로 흥을 적절히 돋우는 것도 잊지 않았다.

그런 그에게 나도 약간의 성의를 표시했다. 계약된 30달러에 10달러를 더 주고, 다음 날 공항까지의 교통편을 추가로 부탁해서 그가 약간의 부수입을 더 올릴 수 있게 해주었다.

이렇게 키토에서 추가로 이틀을 더 보낸 뒤 항공편으로 과야킬로 향했다. 다시 이틀을 보내고 나니 이제 드디어 어학연수의 결전장(?)인 페루 리마로 향할 때가 되었다.

마침내 페루 입국

2020년 3월 8일 당시만 해도 페루는 공식적으로 한국인의 입국에 아무런 제한을 두지 않았다. 나 역시 한국인의 검역을 강화한다고 외부에 공개적으로 밝힌 멕시코와 에콰도르를 무난히 통과했기 때문에 페루에 대해서는 완전 방심 상태였다.

그런데 현지 시각으로 3월 8일 8시 50분 에콰도르의 과야킬을 떠나 2시간 후 페루에 도착해보니, 입국 심사 직원이 여권을 확인하고는 갑자기 의료 체크를 받아야 한다고 별도의 공간으로 안내하는 것이 아닌가!

검역 장소에서는 여자 의사가 나를 포함한 일부 국적자들을 대상으로 간단한 문진과 체온 측정을 하였다. 그러고는 페루에서의 연락처와 전화번호를 적더니 안내장을 나누어주면서 14일 내에 특별한 증상이 있으면 기재된 번호로 연락해달라는 부탁을 하였다. 당시로서는 약간 의외였다. 한국인의 입국에 아무런 제한이 없던 국가에서 오히려 이전의 국가들에서보다 엄격한 검역 절차를 밟은 것이다. 나중에 알고 보니 불과 얼마 전에 페루에서 첫 환자가 발생했기 때문이었다.

어쨌든 페루 입국 수속을 성공적으로 마치고 리마 미라플로레스의 한 호텔에 무사히 여장을 풀었다. 일단 어학원과 가까운 호텔에서 이틀간 지낸 뒤 미리 계약된 아파트로 옮길 예정이었다. 드디어 페루에서의 어학연수를 준비하는 기대 반 설렘 반의 저녁이었다.

Chapter 2

좌충우돌 페루 연수

대망의 어학연수 시작

현지 시각으로 2020년 3월 9일 월요일 아침 8시 반, 어학원과의 인터뷰 약속을 맞추기 위해 호텔을 나섰다. 도보로 5분 남짓밖에 되지 않는 거리였기 때문에 주위를 여유 있게 구경하면서 걷고 있노라니 리마 최고의 번화가답게 전반적인 느낌이 서울과 별반 다를 바가 없었다.

어학원은 대로변의 한 고층 건물 6층에 있었다. 약속된 시간에 파브리시오라는 이름의 중년 남자 선생님과 인터뷰를 했다. 학습 동기, 개인적 배경 등등의 이야기로 10분 정도 이야기를 나누고 나서 에리카라는 여 선생님이 수업을 담당할 것이라고 알려주었다. 강의실은 작았으나 아담하고 포근한 느낌을 주었다.

이윽고 9시가 되자 정확하게 시간을 맞추어 담당 선생님이 왔다. 일

미라플로레스 시내

단 질문을 던진 후 이와 관련하여 이런저런 이야기를 이어가는 형식이었는데, 아무래도 첫날인지라 개인 신상에 관한 이야기가 많았다. 그러다가 나의 말 중에 잘못된 것이 있으면 칠판에 설명을 해가며 그때그때 바로 지적해주었다. 에콰도르에서 경험하였던 실전 회화와의 결정적인 차이라면 당시에는 내가 실수를 해도 그냥 넘어갔지만, 어학원 선생님은 하나하나 놓치지 않고 잘못을 짚어준다는 것이었다.

역시 1 대 1 개인 수업인지라 수업 효율성이 도드라졌다. 20대 중후반으로 보이는 선생님은 나이에 비해 수업 방식이 꽤 노련해 보였다. 아무튼 전체적인 수업 내용은 만족스러웠다. 무엇보다도 중간에 있는 10분간의 휴식 시간 이외에는 4시간을 쉴 새 없이 선생님과 단독으로 대화를 나누게 되니 회화에 대한 갈증이 해소될 수밖에 없었다. 정규 수업 이외에도 스페인어를 향상할 수 있는 여러 가지 이벤트도 있다고 해서 그 후의 일정이 사뭇 기대되었다.

휴식 시간에 나와 있는 사람들을 보니 대부분 서양인이었고 동양인은 한두 사람뿐이었다. 선생님 이야기로는 평소 중국인과 일본인이 많고 한국 학생은 상대적으로 적은 편이라고 했다. 아마 당시에는 코로나19 상황 때문에 동양인 학생의 수가 상당수 감소한 것으로 짐작되었다.

수업이 끝나고 일단 한 달 수업료를 지급했다. 1 대 1 수업으로 하루 4시간씩 일주일 20시간, 한 달 총 80시간의 수업으로 시간당 40솔(SOL)씩 총 3200솔이었다. 당시 환율로 1솔이 350원에 가까웠으니 시간당 1만 4000원 정도가 되는 셈이었다.

두 번째 날에는 벌써 익숙해진 기분으로 어학원으로 향하였다. 그런데 이날은 선생님이 먼저 화제를 꺼내는 바람에 썩 내키지 않는 주제인 코로나19에 관해서 어쩔 수 없이 이야기를 나누게 되었다. 그때만 해도 페루에 비해 한국이 코로나19로 한창 문제가 될 때였기 때문이었다. 그렇지만 당시의 페루 상황을 볼 때 어느 정도 이해가 되지 않는 것도 아니었다.

내가 리마에 도착하기 이틀 전인 3월 6일에 첫 환자가 발생하였던 것이 닷새가 지난 그날 아침에는 환자가 9명으로 증가하여 페루 국민들의 코로나19에 대한 불안감도 크게 상승하고 있는 상태였다. 그러나 당시만 해도 거리에서 마스크를 쓴 사람이 눈에 띄는 상황은 아니었다.

아무튼 이런저런 이야기를 나눈 뒤 다음 날 수업 시간에 환자 수의 추이를 보고 다시 토론을 이어가자고 약속하였다. 그런데 수업을 마치고 몇 시간 후 인터넷으로 검색해보니 그새 확진자 수가 11명이 되어 있었다. 하지만 그때만 해도 이 보잘것없던 숫자가 엄청난 속도와 규모로 늘어나 국가적 재앙이 될지는 쉽게 상상하기가 어려웠다.

난데없이 국가 비상사태
선포라니!

어학원 생활이 꼭 일주일이 된 3월 15일 일요일. 편안하게 휴식을 취하면서 이제 한국에서의 코로나19 스트레스에서 벗어나 안정된 분위기 속에서 어학연수를 진행할 수 있게 되었다고 생각하고 있었다. 그런데 그날 오후 난데없이 코로나19 확산 방지를 명분으로 15일 예정의 국가 비상사태가 선포되었다.

당시 페루의 상황은 3월 15일 일요일 하루 사이에 28명의 환자가 증가하여 모두 71명의 확진자가 발생한 상태였다. 71명 중 대부분이 수도 리마에서 발생하였는데, 이곳이 페루의 관문이면서 전체 인구의 약 3분의 1이 모여 사는 곳이라는 점을 감안하면 어쩌면 당연한 일이었다. 그런데 총환자 수가 불과 70명을 넘어선 시점에서 선제 대응을 목적으로 아메리카 대륙에서 처음으로 국가 비상사태가 전격적으로 선언된 것이었다.

바로 다음 날인 월요일부터 육해공의 모든 국경이 폐쇄되고, 전 국민을 대상으로 강제 사회적 격리가 시행되었다. 식품과 약품 판매, 그리고 금융 관련 시설을 제외하고는 모든 상점이 문을 닫고, 지역 간을 연결하는 각종 교통수단도 완전히 차단되었다. 슈퍼마켓에는 벌써 일부 품목들에 대한 사재기 조짐이 보이고 있었다.

개인적으로는 어차피 3개월 체류를 예정하고 있었기 때문에 당장 출국에 관련된 고민은 없었지만 문제는 어학연수였다. 비상사태 기간 중 학원은 당연히 문을 닫을 수밖에 없을 것이고, 그렇다면 그 기간 동안의 어학 공부는 어떻게 진행될까 하는 걱정이었다. 이역만리 페루까지 비상 훈련을 하기 위해 온 것은 아니지 않은가.

이런저런 생각으로 밤새 몸을 뒤척이다 다음 날인 월요일 아침 일찍 학원으로 찾아갔다. 이미 길목마다 군인들이 총을 들고 본격적인 배치를 하고 있었지만, 그때만 해도 시민들이 마지막 정리를 할 기회를 주기 위해서인지 통행만은 막지 않았다.

학원에는 폐쇄 전 최종 정리를 위해 모든 스태프들이 나와 있었다. 나를 보자 기다렸다는 듯이 그렇지 않아도 온라인 강좌로 대체할 방법을 준비해놓고 있었다고 설명했다. 대학에 평생 몸을 담고 있었다고는 하나 아날로그 세대에 가까운 편인 나로서는 온라인 수업이라는 것이 생소할 수밖에 없었다. 그렇지만 달리 대안이 없었기 때문에 받아들일 수밖에 없었다.

그렇게 해서 그날 처음 들어본 '스카이프'라는 화상 프로그램을 어학원 스태프의 도움을 받아 노트북에 설치한 뒤 담당 선생님과 직접 테스트까지 마치고 어느 정도 마음을 가다듬고 집으로 돌아왔다. 그때만 해도 '앞으로 2주일, 기껏해야 한 달 정도일 테니 그때까지만 견뎌보자'라는 생각이었다.

다음 날부터 예정대로 온라인 수업이 이루어졌다. 그런데 온라인 수업을 막상 경험해보니 상당한 장점이 있는 대안으로 생각되었다. 물론 직접 대면에 의한 수업에 비할 수는 없겠지만, 잘만 활용하면 현장 수업의 공백을 거의 메울 수 있겠다는 생각이 들 정도였다.

담당 선생님과 이미 일주일간 학원 수업에서 어느 정도 익숙해진 상태였기 때문에 아마 더 효율적으로 느껴졌는지도 모르겠다. 다만 국가 비상사태 기간 중 모든 사람들이 집에 머물면서 인터넷 사용량이 폭증하는 바람에 수업 도중에 가끔 온라인 연결이 원활하지 않아 꽤 애를 먹기도 했다.

꼼짝없이 갇혀
온라인 수업(2020.3.24.)

애초 2주간 예정이었던 국가 비상사태는 그 후 계속 연장되었다. 그것도 처음에는 2주씩이던 연장 기간이 나중에는 한 달도 훌쩍 넘는 기간으로 통 크게(?) 확대되기 시작하였다. 3월 16일에 공식적으로 시작한 국가 비상사태는 그해 11월까지 10차례 연장을 거듭하면서 (당시) 비상사태 기간만으로도 세계 기록이라는 불명예를 안게 되었다.

어학연수가 이번 페루 방문의 주된 목적이었지만, 본의 아니게 페루 역사상 유례를 찾아보기가 어려울 위생적, 경제적, 사회적 수난의 시기를 현장에서 직접 경험하면서 또 다른 측면에서의 공부를 겸한 셈이었다. 이런 역사의 현장에서 그때그때 기록해두었던 자료 몇몇을 파란만장했던 어학연수의 추억을 겸해 소개한다.

3월 24일 화요일 현재, 페루는 416명의 코로나19 감염자와 7명의 사망자를 기록하고 있다. 중남미 국가들과 비교해보면, 브라질이 2201명의 환자(46명 사망)로 단연 선두이고 그 뒤를 에콰도르(환자 1049명, 사망 27명), 칠레(환자 1049명, 사망 2명), 그리고 페루가 뒤따르고 있다.

페루 국민들은 자국의 열악한 의료 환경 때문에 자칫 잘못하면 이탈리아와 같은 대재앙에 빠질 수 있다는 일종의 공포감에 사로잡혀 있는 것으로 보인다. '이탈리아도 저 지경인데 우리같이 낙후된 의료시설을 가진 나라에서는 더 큰 재앙이 일어나지 않겠느냐'라는 두려움이다.

이런 불안감은 국가 비상사태 선포와 같은 일련의 정부 조처에 대해 대체로 긍정적인 반응으로 이어졌다. 이에 힘입어 매일 대통령이 그날의 환자 변화에 대해 브리핑을 하는 등 열정을 과시하고 있다.

그런데 문제는 하루 벌어 하루 먹고사는 생계형 장사꾼들의 존재다. 페루 전체에서 큰 퍼센티지를 차지하고 있는 이 빈곤층은 이번 15일간의 국가 비상사태 상황으로 돈을 벌 길이 근본적으로 막혀 큰 타격을 입고 있다. 참고로 리마의 경우, 평소 이들의 하루 수입이 10달러(1만 2000원) 전후였다고 한다. 게다가 관광업에 대한 의존도가 높은 경제 구조상 외국인 전면 입국 금지에 따른 경제 손실도 막대할 수밖에 없다.

이제 거리는 한국의 모습과 똑같아졌다. 대부분의 리마 시민들이 마스크를 쓰고 다닌다. 비상사태 선언 직후만 해도 드문드문 보이던 마스크 착용이 불과 며칠 사이에 기하급수적으로 늘어난 것이다. 다들 그동안 마스크를 요령껏 집에 비축해두었는지, 마스크와 손 소독제는 완전 품절이라는 약국의 공지를 비웃듯이 모두들 마스크를 쓰고 다닌다.

슈퍼마켓 및 식품점은 처음엔 긴 줄을 서서 대기를 해야 했으나 지금은 사람들의 심리가 어느 정도 안정이 되었는지 시간대에 따라 다르지만 대체적으로 큰 혼잡은 없어 보인다.

온라인 수업은 다행히 별다른 문제 없이 잘 진행되고 있다. 나에 대한 배려인지 아니면 학원 선생님들에게 소득이 골고루 돌아가게 하기 위한 방편인지는 몰라도 이번 주부터는 두 명의 선생님으로부터 배울 기회가 생겨 한결 효율성이 커진 것 같다. 그리고 달리 생각해보면 도시 전체가 워낙 조용해지다 보니 나 역시 덩달아 차분하게 잡념 없이 공부에만 집중할 수 있는 장점도 생겼다.

돌이켜 생각해보면 조금만 출발이 늦었더라면 페루로의 출국 자체를 포기해야 할 상황이 생겼을 것이다. 또 만일 스페인으로 갔으면 더 힘든 여건이 되었을 것이다. 그나마 성공적으로 리마에 정착하여 계획했던 공부를 해나갈 수 있는 것 자체를 행복하게 생각하지 않을 수 없다. 온라인 수업이라고는 하나 아무래도 현지에서의 온라인 수업은 현장감이 다를 수밖에 없기 때문에 그 효과가 더 크다. 비록 이곳이 국가 비상사태 상황이라고는 하지만, 따지고 보면 지금 같은 세상에 세계 어딘들 비상사태가 아닌 곳이 있겠는가?

궁즉통,
어려움 속에서 찾는 해법
(2020.5.15.)

페루는 9주째 여전히 국가 비상사태 상황이다. 저녁부터(처음에는 18시부터였다가 최근 20시로 바뀌었다) 새벽까지 통금이 시행되고 있다. 슈퍼마켓 및 시장, 약국, 은행을 제외한 모든 상점은 여전히 문을 닫은 상태다. 다만 최근 일부 식당의 음식 배달이 가능해졌다. 페루 정부 나름대로의 노력이 무색하게 코로나19 환자는 연일 폭증하고 있는 상태다.

이런 외적인 상황만을 보면 현재 페루에서의 생활이 어려워 보이는 것도 당연하다. 그러나 개인적으로는 국가 비상사태라는 제약에도 불구하고 하루하루를 숨 가쁠 정도로 바쁘게 보내고 있다. 도대체 무슨 소리인가 할 사람들을 위해 하루 일정을 공개한다.

우선 기상은 빠른 편이다. 보통 5~6시 사이에 일어나면 아침 식사와 운동 일정이 기다리고 있다. 운동은 아파트 체육관마저 폐쇄되어 요즈음은 한국에서 가져온 강력 운동밴드를 이용하여 숙소에서 현지 TV 방송을 보면서 한다. 오랜 경험으로 집 안의 각종 물건을 이용하여 운동하는 방법에 이미 숙련이 되어 있기 때문에 별 어려움은 없다. 50분 정도의 운동을 마치고 샤워까지 끝내면 근육은 팽팽해지고 기분은 어느덧 하늘을 난다.

그다음 9시부터는 온라인 어학연수가 오후 1시까지 4시간 동안 이어진다. 선생님이 한 번 바뀔 때의 중간 휴식 시간 10분을 제외하면 1대 1로 계속 대화가 이어지기 때문에 수업 효율이 매우 높다. 또 그만큼 내가 대화 주제의 반 이상을 책임져야 하는 상황이라 여기에 따른 스트레스가 은근히 큰 편이다.

수업이 끝나고 가볍게 점심을 해결하면 하루 중 가장 즐거운 시간이 기다리고 있다. 식사 재료 및 생필품을 사기 위해 슈퍼마켓에 가는 시간이다. 운이 좋게도 숙소에서 동서남북 사방으로 도보 20분 전후의 거리에 무려 9개의 슈퍼마켓과 2개의 재래시장이 위치하고 있다.

재래시장은 말할 것도 없고 슈퍼마켓마다 취급하는 상품 종류가 다 다르고, 특히 조리식품의 경우 매일 조금씩 종류가 달라지기 때문에 구경하면서 고르는 재미가 꽤 쏠쏠하다. 가끔은 신선한 생선을 사서 세비체 같은 음식을 직접 만들어 먹기도 한다. 이 과정 모두가 어학연수의 연장이다.

그런데 정작 장 보러 가는 길이 신나는 것은 가는 길의 풍경 덕분이다. 그렇지 않아도 훌륭한 산책로들인데 요즈음은 인적까지 드물어 금상첨화다. 그리고 리마는 날씨가 부러울 정도로 좋다. 특히 요즈음은 맑은 공기에 절로 콧노래가 나올 정도로 쾌적한 기온과 함께 산들산들 미풍이 얼굴까지 간질여주니 비록 마스크를 쓰고 있지만 더할 수 없는 행복감을 느낀다.

40년 이상을 리마에 살고 있는 한 교민이 "날씨 때문에 여기에 눌러앉았다"라고 한 말이 공연한 말이 아닌 것으로 생각된다. 리마에 온 지 두 달 반 가까이 지났는데, 제대로 된 비 한 번 내린 적이 없다. 그런데도 전혀 건조하지 않고 식물은 푸르다. 리마의 자연은 가히 천혜의 조건이다.

그렇게 1시간 반 정도 산책 겸 장보기를 마치고 숙소로 돌아오면, 다음 연수를 위해 프랑스어, 중국어, 일본어 공부와 함께 각종 집필 작업과 자료 조사를 한다. 그러다 보면 어느덧 저녁이다. 저녁 식사를 마치면 또 하나의 즐거운 시간이 기다리고 있다. 하루를 정리한다는 핑계의 음주 시간이다.

운동 못지않은 오랜 경력의 음주 경험을 동원하여 자가 제조 칵테일을 포함해 다양한 종류의 술을 그야말로 한껏 즐기고 있다. 혼자서 생각을 가다듬기도 하고 페루 TV를 보면서 마시기도 한다.

통행금지가 20시부터 시작된다고는 하지만 사실 정년 이후 한국에

서 페루 연수를 준비하고 있을 때도 비교적 이른 시간에 잠자리에 들었기 때문에 아무런 불편이 없다. 오히려 국가 비상사태 이전에는 대로변에 있는 숙소 위치 때문에 새벽까지 요란한 자동차, 오토바이 소리가 은근히 신경에 거슬렸는데, 지금은 완전히 절간이니 적당한 취기까지 빌려 항상 숙면이다.

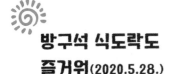

방구석 식도락도
즐거워(2020.5.28.)

페루의 장기간 국가 비상사태가 주는 가장 큰 아쉬움은 식당가의 전면 폐쇄였다. 사실 이번 여행은 철저하게 어학연수가 목표였기 때문에 다른 지역으로의 여행 제한은 전혀 문제가 되지 않았다.

이른바 'night life'에 대해서도 새삼 아쉬움이 생길 이유가 전혀 없었다. 과거 수많은 해외여행 중에도 특별한 관심이 없었으니 말이다. 그런데 식당만은 달랐다.

평소에도 식도락에 남다른 관심을 가지고 있었던 입장에서 세계적인 미식 도시인 리마까지 와서 전문 요리사들의 음식을 제대로 맛보지 못하는 것에 대한 아쉬움이 내내 가시질 않았다.

이런 상황에서 2주 전부터 배달과 테이크아웃이라는 조건하에 각종 식당들이 속속 영업을 재개하기 시작하였다. 페루의 솔푸드soul food 숯불 통닭구이(pollo a la brasa·포요 아 라 브라사) 전문점을 필두로 우리도 잘 알고 있는 피자헛, KFC, 맥도날드, 버거킹, 스타벅스 등도 잇달아 문을 열었다.

지난주에는 세비체 전문점인 세비체리아cevichería도 이 대열에 합류하였다. 그동안의 갈증을 해소하고자 세비체리아의 경우 대여섯 번 전문 요리사의 작품들을 즐겼다.

앞으로도 계속 더 많은 식당들이 순차적으로 문을 열 전망이다. 이제는 전문가들의 요리들을 본격적으로 맛보아야겠다는 계획으로 은근히 들떠 있다. 게다가 음식을 주문하면서 나누는 종업원들과의 대화를 통해 이때까지 제대로 못 했던 실생활 속의 어학연수를 겸할 수 있는 것도 또 다른 즐거움이다.

그러다 보니 마음 한쪽 구석에 이왕이면 리마에 조금 더 머무는 것이 어떤가 하는 생각이 뭉게구름처럼 피어오르기 시작한다.

페루를 위한 변명
(2020.6.1.)

코로나19의 마수는 아시아에서 유럽을 거쳐 이제는 아메리카 대륙을 잔인하게 할퀴어가고 있다. 아메리카 대륙 중에서도 중남미는 북미와는 비교가 안 될 정도로 의료 인프라가 취약하기 때문에 그 영향이 더 치명적일 수밖에 없다.

이런 가운데 특히 브라질과 페루는 외부의 특별한 관심을 모으고 있다. 총환자 수에 있어서도 중남미를 떠나 세계적으로 상위를 차지하고 있는 상황이기도 하지만, 단순히 이런 통계 수치를 떠나 한 나라는 대통령이 앞장서서 의도적으로 엄격한 방역 체제 도입의 불필요성을 역설하고 있는 데 비해, 다른 한 나라는 대통령 이하 전 국가가 초기부터 적극적으로 확산 방지 대처에 나섰기 때문이다. 후자의 국가가 바로 페루다. 그런데 이렇게 대처 방안이 양극이면 그 결과도 극명한 차이를 보여야 할 텐데, 정작 두 국가 모두 중남미에서 총환자 수 1, 2위를 다투는 언뜻 이해하기 힘든 상황이 벌어지고 있는 것이다.

6월 1일 현재 브라질은 총환자 수 50만 6708명으로 미국에 이어 세계 2위에 중남미 1위이고, 페루는 총환자 수 16만 4476명으로 세계 10위에 중남미 2위를 차지하고 있다(불과 일주일 남짓 후인 6월 9일에는 총환자 수가 20만 명을 넘어섰으며 세계 8위다). 표면적인 환자 수는 브라질이 월등히 많아 보이지만, 속을 들여다보면 이야기가 달라진다. 즉, 브라질의 인구가 2억 명인 데 비해 페루의 인구는 3000만 명에 불과하기 때문에 인구 대비로는 브라질이 100만 명당 2385명으로, 4995명인 페루에 비해 오히려 반도 되지 않는다고 볼 수 있다. 도대체 어떻게 이런 일이 생길 수 있는 것일까?

돌이켜보면 페루는 지난 3월 15일 총환자 수가 70명을 겨우 넘은 상태에서 국가 비상사태를 선언하고 국경 폐쇄, 강제 사회격리 등의 강력한 방역 조처를 단행하였다. 이는 전 아메리카 대륙에 걸쳐 최초로 시행된 것으로, 모든 대내외 언론이 페루의 열악한 의료 인프라를 감안할 때 선제적이면서도 시의적절한 조처라며 긍정적으로 평가하고 나섰다.

마침 곧이어 터진 이웃 국가 에콰도르에서의 비극이 TV 화면으로 생생하게 전 세계에 보도되면서 페루 국민들은 우리도 하마터면 저렇게 될 뻔했다며 더욱더 조기 국가 비상사태 조처에 대해 찬사를 보냈다. 당시 그들은 조금만 참으면 곧 사회 정상화가 이루어져 코로나19 극복의 성공적인 국가 사례가 될 것이라는 꿈에 부풀어 있었다. 정부도 이에 뒤질세라 대통령이 매일 TV에 나와 환자 상황을 자세하게 브리핑하였다.

최초 예정됐던 3월 30일까지의 15일간 비상사태 기간이 끝나고 4월 12일까지 2주 더 기간이 연장되었을 때만 해도 페루 국민들은 그 정도는 예상했다는 듯이 덤덤한 반응을 보였다. 그런데 3차로 4월 26일까지 2주 더 연장되었다가 4차로 5월 10일까지 또 2주 더 연장되자 무언가 이상하다는 것을 느끼기 시작하였다. 서민들의 생활고도 본격적으로 가중되기 시작하였다. 이른바 방역 전문가들의 연이은 예측 실패도 점점 부각되기 시작하였다. 여기에 5차로 5월 24일까지 또 2주간 비상사태가 연장되자 정부에 대한 국민들의 실망감이 뚜렷해졌다. 정부도 국민들의 비협조에 대해 비난 강도를 높이고 나섰다.

일일 환자 발생 수는 기하급수적으로 올라가고 있다. 4000명을 넘어 5000명, 6000명이더니, 현지 시각 5월 31일에는 하루에 무려 8805 명까지 상승하였다. 수직에 가까운 급증세를 보이고 있는 것이다.

왜 페루는 무려 석 달에 가까운 국가 비상사태라는 극약 처방에도 불구하고 이런 참담한 결과를 낳고 있는 것일까? 세계적으로 유례가 없을 정도의 이런 모순적인 결과에 국제적인 관심이 모아질 수밖에 없다. 나 역시 비록 국외자의 입장이지만 나름대로 원인 분석을 하지 않을 수 없는 입장이다.

현재 공식적으로 가장 큰 원인으로 지적되고 있는 것은 역시 페루의 일용 근로자 문제다. 현지 용어로는 '비공식 근로자informal'라고 불리는 이들은 그야말로 하루 벌어 하루 생활하는 사회 취약층을 말한다. 문제는 페루 경제에서 이들이 차지하고 있는 비율이 너무 높다는 것이다.

통계에 따라 약간씩의 차이는 있지만 적어도 70퍼센트 이상인 것만은 틀림이 없어 보이는데, 나도 처음 이 숫자를 듣고는 곧이곧대로 믿기가 쉽지 않았다. 어쨌든 이들 비공식 근로자들의 대부분은 저축해놓은 돈이 전혀 없기 때문에 하루라도 일을 쉬게 되면 당장 생계에 어려움이 생길 수밖에 없다. 따라서 이들은 비상사태 기간이 길어지면 길어질수록 더욱 필사적으로 당국의 단속에 아랑곳하지 않고 행상을 위해 거리로 나서고 있다. 그리고 직업의 특성상 주로 사람이 많이 모이는 장소에서 일을 하기 때문에 자연스럽게 사람들의 밀집과 접촉을 유발하게 되고 결국 바이러스 감염 확산의 촉진 요소가 되고 있는 것이다.

두 번째로 자주 지적되는 요인으로는 페루의 열악한 주거 환경이 있다. 이 역시 통계에 따라 차이가 있지만, 페루 가구의 30퍼센트 정도가 집에 제대로 분리된 방이 없다고 하는데, 특히 빈곤 가정의 11.8퍼센트는 한 공간에서 온 가족이 함께 생활하고 있다고 한다. 이런 환경에서는 가족 간의 감염이 필연적일 수밖에 없다.

게다가 이런 환경에서 바깥으로 나오지 않고 24시간 집 안에서 머무는 것이 가능하다고 생각할 수 있는 사람은 아마 없을 것이다. 페루 TV에서는 연일 연예인들을 총동원하다시피 해서 '집에 머물러라!Quédate en casa!'라는 캠페인을 벌이고 있지만, 과연 그들이 빈곤층의 상황에 대해 어느 정도의 현실감을 가지고 있는지 궁금하지 않을 수 없다.

세 번째 요인은 냉장고 문제다. 2017년 페루 인구 조사에 의하면, 페루 전체 인구의 49퍼센트, 도시 인구만을 따지면 61퍼센트만이 집에 냉장고가 있다는 것이다. 즉, 집에 식재료나 음식을 장기간 보관할 수 있는 방법이 없다는 뜻이다. 이런 상태에서 그들은 매일 신선한 식재료를 시장에서 조달해 먹을 수밖에 없다. 정부에서 아무리 이동 자제를 외쳐도 생존을 위해 매일같이 시장으로 몰려가지 않을 수가 없는 것이다.

네 번째 요인은 정부의 정책 실패로, 나는 오히려 이것이 가장 큰 문제가 아닌가 생각하고 있다. 국가 비상사태 기간에도 페루 정부는 사람들의 기본 생활 유지를 위해 전통시장 및 슈퍼마켓, 약국, 은행 등의 필수 사업장과 교통수단 운용은 평상시와 같은 정책을 유지했다. 그런데 이들이야말로 오늘날 바이러스 확산의 주요 경로로 지적당하고 있다. 나 역시 비상사태 초기부터 전통시장에 몰려 있는 엄청난 인파를 TV 뉴스로 보고는 왜 저런 상태를 방치하고 있는가 몹시 의아했다.

교통수단도 마찬가지다. 특히 콤비라고 불리는 우리나라 봉고차 비숫한 작은 교통수단은 값이 저렴하고 다양한 노선을 신속하게 갈 수 있다는 장점이 있지만, 그만큼 많은 사람들이 좁은 밀폐 공간에서 접촉하게 되는 취약점이 눈에 빤히 보이는 상황이었다.

은행도 예외는 아니었다. 정부에서는 장기화되는 국가 비상사태로 생활고에 신음하고 있는 빈곤층의 민심을 달래기 위해 소정의 정부 보조금을 지급하고 있는데, 문제는 페루 성인의 38퍼센트만이 은행 계좌를 가지고 있다는 점이다. 이 때문에 특히 빈민층 거주 지역에서는 직접 보조금을 수령하기 위해 많은 사람들이 한꺼번에 은행으로 몰려가 사람들 간의 접촉을 더욱 조장한 것이다.

이 밖에 남녀 성별에 따른 외출 격일제라든지 툭하면 시행했던 공휴일 전면 통금도 한결같이 그 전날 엄청난 인파를 시장으로 몰리게 하는 부작용만 초래하였다.

페루 정부도 이런 문제점을 파악하고 최근 적극적으로 전통시장, 대중교통, 은행 등에서의 감염 가능성을 차단하기 위해 총력을 기울이고 있다. 더 늦기 전에 애를 쓰는 것 자체는 훌륭한 일이지만, 국가 비상사태가 선포되고 나서 첫 2개월 가까이 왜 이런 간단한 상황 파악조차 제대로 못 했는지 안타깝지 않을 수 없다.

마지막 다섯 번째 요인으로는 페루의 국민성과 시스템 부재에 관한 것이다. 최근 페루 대통령 마르틴 비스카라는 담화 중에 "이웃을 생각하지 않는 이기주의와 개인주의 때문에 국민들이 법규를 제대로 지키지 않고, 결국 코로나19의 사태 해결을 어렵게 하고 있다"고 공개적으로 로 강한 질책을 하였다.

그러나 지난 30년간 알베르토 후지모리, 알레한드로 톨레도, 알란 가르시아, 오얀타 우말라, 페드로 파블로 쿠친스키 등 무려 5명의 전직 대통령이 모두 부정부패에 연루되고 그중 1명은 자살로 생을 마감하는 등 정치권의 고질적인 문제점들이 오늘날 상황의 근본 원인이라는 지적도 만만치 않다.

물론 우리나라도 정도의 차이만 있을 뿐이지 이와 비슷한 정치부패 문제로 여러 가지 시련을 겪었지만, 중요한 차이점이라면 우리는 그 과정에서 차곡차곡 시스템을 만들어나갔다는 점이다. 반면 페루의 경우 정치권의 부정부패가 일말의 개선 없이 계속 이어져오면서 사회 시스템상으로 어떤 가시적인 변화도 없었다는 것이 큰 문제점으로 지적될 수 있다. 이런 시스템의 부재 때문에 무증상 확진자들의 격리 관리가 제대로 이루어지지 않는 것이다.

국민성에 관련하여 지적하고 싶은 것은 흔히 라틴아메리카 국민들의 중요한 성격상의 특성으로 거론되는 '낙천성'에 관한 것이다. 이들의 낙천성은 기본적으로 인생을 즐긴다는 관점에서 보면 매우 매력적인 요소여서 우리나라의 적지 않은 젊은이들이 부러워하고 있는 부분이기도 하다.

그런데 이번 코로나19 사태라는 전대미문의 위기 상황을 페루에서 직접 겪고 보니, 이른바 그들의 낙천성이라는 것이 바람직한 인생의 관조에서 출발한 것이라기보다는 오히려 현실을 무시하거나 애써 부정하는 데서 출발한 것이 아닌가 하는 생각이 들 때가 많다. 말하자면 치밀한 계획 없이 세상일을 적당히 운에 맡기고 그때그때 즐겁게 살아가는 데 치중하는 것이 아닌가 하는 생각이 든다는 것이다.

이런 낙천적 성격들이 정치권의 고질적인 병폐와 맞물리다 보니 사회 전반적으로 이번과 같은 위기에 대한 준비도 부족하고, 비상 상황에 대비한 매뉴얼도 제대로 갖추지 못한 바람직하지 않은 사회 구조를 낳게 된 것으로 생각된다.

이제까지 페루가 코로나19 상황에서 남다른 노력에도 불구하고 왜 기대했던 성과를 거두지 못하는지 그 이유에 대해서 분석해보았다. 그렇다고 해서 페루가 중남미 국가들 중에서 특별히 더 비난받을 위치에 있는 것은 아니다. 오히려 높이 평가받아야 할 요소도 있다.

무엇보다도 페루는 코로나19 검사 수가 다른 중남미 국가들에 비해 월등히 많다는 것을 놓쳐서는 안 된다. 최근 들어 페루 정부는 전염원으로서 전통시장의 문제점을 인식하고 전국의 주요 전통시장에 대해 전수 조사를 하다시피 방역 조처를 해나가고 있다. 검사 수가 많은 만큼 주로 무증상자로 이루어진 확진 감염자 수가 대폭 증가할 수밖에 없는 것이다.

대중교통 수단도 마찬가지다. 감염자 색출을 위해 아예 메트로폴리

타노(지상으로 운행한다는 차이가 있을 뿐 우리나라 지하철과 비슷한 기능을 하고 있다) 정류장에서 무작위로 승객들을 대상으로 검사를 진행하고 있다. 이 역시 확진자 수가 증가할 수밖에 없다.

여기서 이해를 돕기 위해 비교 도표를 만들어보았다(2020년 6월 1일 기준).

도표에서 보는 바와 같이 페루는 칠레와 더불어 인구당 검사 수가 타 국가들에 비해 월등히 많은 것을 알 수 있다. 칠레는 원래 경제력에서 우루과이와 더불어 남미에서 항상 1, 2위를 다투는 부유한 국가라 그렇다 하더라도, 페루의 경우 가난하고 의료 인프라가 열악함에도 불구하고 나름대로 최선의 노력을 다하고 있는 것을 분명하게 알 수 있다.

국가 (중남미 총환자 수 순위 상위 국 가들)	총환자 수	사망자 수	인구 100만 명 당 환자 수	인구 100만 명 당 검사 수	인구
브라질	506,708	29,101	2,385	4,378	212,430,396
페루	164,476	4,506	4,995	32,154	32,930,962
칠레	99,688	1,054	5,219	30,491	19,102,061
멕시코	87,152	9,779	679	2,104	128,814,639
에콰도르	39,098	3,358	2,219	6,665	17,619,020

예를 들어 브라질의 경우, 페루에 비해 인구 100만 명당 검사 수가 13.6퍼센트 정도이고 멕시코는 이보다 훨씬 낮아 6.5퍼센트에 불과하기 때문에, 페루와 동등한 수준으로 검사를 했다고 가정하면 실제 환자 수는 지금과 엄청난 통계 차이를 보일 수밖에 없을 것이다.

이런 측면에서 보면 비록 전염원의 본질 파악에 상당한 시간이 걸린 아쉬움과 향후 전망에 대한 불확실성이 여전히 상존하고 있지만, 장기적인 전망에서 보면 여타 중남미 국가들에 비해 일방적으로 비관만 할 상황은 아닌 것으로 보인다.

페루의 역설

(2020.6.20.)

6월 초에 페루의 정치·경제 컨설팅 업체이자 여론조사 업체인 복스 포
풀리 Vox Populi의 고문 명의로 흥미 있는 통계 자료가 발표되었다. 5월
31일까지 코로나19로 인한 페루의 공식 사망자 수는 4506명으로 집계
되고 있는데, 사실은 1만 7141명에 달한다는 것이었다.

  그 근거로 제시된 것이 예년의 4~5월 두 달 동안의 페루 사망자 신
고 건수(1만 8127명)와 같은 기간 올해의 사망자 수(3만 5268명)였다. 올
해의 사망자 수에서 예년의 평균 사망자 수를 뺀 1만 7141명은 코로나
19와 연관된 사망자 수로 생각하는 것이 합리적인 추론이라는 주장이
다. 실제로 페루의 코로나19 사망자 수는 3월 말까지는 6명에 불과하였
기 때문에 이 주장은 상당히 설득력이 있어 보인다.

6월 초 기준의 총환자 대비 사망률만 보더라도 의료 시스템이 잘 갖추어진 스웨덴, 영국, 이탈리아 등이 12~13퍼센트인 것과 비교해볼 때, 의료 인프라가 매우 열악한 페루가 불과 3퍼센트 전후의 사망률을 기록하고 있다는 것은 누가 보아도 이상한 것이라고 복스 포풀리는 지적한다. 자신들의 조사대로 사망자 수가 1만 7000명대면 사망률이 10퍼센트 정도에 달해 이해 가능한 숫자가 된다는 것이었다.

어쨌든 복스 포풀리는 이런 차이가 나는 주된 원인은 정부가 고의적으로 통계를 누락했을 가능성보다는, 많은 환자들이 병원 혜택을 미처 받지 못하고 집이나 병원 외 기타 장소에서 사망하여 통계에 제대로 잡히지 않았기 때문일 것이라고 해석하였다.

이 기사를 보던 중 문득 얼마 전에 들은 한 현지인의 이야기가 생각이 났다. 2019년에 평소 만성 폐 질환을 가지고 있던 자신의 부친이 상태가 악화되어 급히 공영병원 한 곳으로 모시고 갔는데, 입원실이 부족하여 이틀을 병원 복도에서 휠체어에 앉아 기다리다 그대로 사망하였다는 참담한 이야기였다. 그러면서 그는 "코로나19 사태가 터지기 전인 전년도에도 상황이 그랬는데, 요즈음 같은 상황에서 환자들이 제대로 병원 신세를 질 수가 있겠느냐"는 한숨 섞인 분노를 털어놓았다.

도대체 페루는 어쩌다가 이 지경까지 이르게 된 것일까? 페루는 지난 20년 동안 어느 정도의 부침은 있었지만 연평균 4.9퍼센트의 경제 성장률을 기록하는 등 라틴아메리카 국가들 중에서는 훌륭한 경제 성

라틴아메리카 국가의 국내총생산 대비 의료비 투자 비율

국가	국내총생산 대비 의료비 투자 비율(퍼센트)
쿠바	10.6
우루과이	6.4
코스타리카	6.2
칠레	4.9
아르헨티나	4.9
엘살바도르	4.4
니카라과	4.4
볼리비아	4.4
파나마	4.3
에콰도르	4.2
파라과이	4.2
콜롬비아	4.1
브라질	3.8
페루	3.2
멕시코	3.1
온두라스	2.9
도미니카 공화국	2.5
과테말라	1.8
베네수엘라	0.7

적을 기록했다.

이는 광물 자원 등의 주요 수출국으로서 그동안의 국제 원자재 가격 상승에 힘입은 바가 컸는데, 2008년에는 무려 9퍼센트가 넘는 성장률을 기록하기도 하였다. 그런데 정치권의 고질적인 부패와 만성적인 행정 비효율성이 항상 발목을 잡았다. 설상가상으로 보건·의료 분야의 중요성에 대해서는 아예 인식 자체가 부족했다. 제대로 된 국가가 되기 위해서는 교육과 의료 분야의 적정 투자가 필수적이라는 주장에 귀를 기울이는 정치인이 전혀 없다시피 했던 것이다.

이런 현실을 극명하게 보여주는 통계 자료가 있다. 2017년 세계보건기구와 세계은행 등에서 발표한 라틴아메리카 국가들의 국내총생산 대비 의료비 투자 비율이 바로 그것이다.

이 중 단연 1위를 차지하고 있는 쿠바는 오래전부터 국가 차원에서 정책적으로 의료 분야에 대한 상당한 투자와 함께 의료 인력 양성에 힘을 쏟아온 것으로 유명하다. 이렇게 양성된 우수한 의료 인력들은 개발도상국에 대거 진출하여 국가 주요 수출 품목 중의 하나로 자리 잡을 정도가 되었다. 그만큼 의료 수준에 대한 위상도 높다.

페루에도 현재 쿠바 의료진이 상당수 파견되어 활약을 펼치고 있다. 코로나19의 새 진원지가 되고 있는 중남미에서 그 중심에 서 있는 브라질, 페루, 멕시코 등이 한결같이 평소 의료 투자가 빈약했다는 점은 시사하는 바가 크다.

결국 오늘날 페루의 참담한 현실은 그 누구의 탓도 아닌 자업자득의 엄연한 결과인 셈이다. 하지만 가장 큰 책임은 두말할 것도 없이 어제와 오늘의 정치권이 져야 할 것으로 생각된다. 코로나19 사태 초기에 모든 비상 조처의 명분은 '제2의 이탈리아가 되어서는 안 된다', '제2의 에콰도르가 되어서는 안 된다'는 것이었다. 그러나 총환자 수에서 에콰도르를 훌쩍 넘어선 지는 이미 오래고, 어느덧 이탈리아까지 제치고 세계 7위의 자리를 차지하는 슬픈 상황이 되었다.

더구나 현재 이탈리아는 일부 관광까지 재개한 상태이며 에콰도르는 국내선 항공에 이어 국제선도 운항을 이미 하고 있다. 그러나 페루는 여전히 비상사태에서 전전긍긍하고 있다.

가장 신속하고 가장 오랜 비상사태에도 불구하고 치솟는 환자 수! 오죽하면 '페루의 역설'이란 신조어까지 만들어지고 있겠는가.

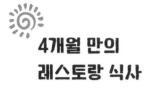

4개월 만의
레스토랑 식사

(2020.7.20.)

지난 3월 8일 리마에 도착하여 마지막으로 레스토랑에서 식사한 것이 일주일 뒤인 15일(일요일) 점심이었던 것 같다. 그리고 그날 저녁, 국가 비상사태가 선언되면서 모든 곳이 폐쇄되기 시작하였다. 그 후 어쩔수 없이 슈퍼마켓에서 파는 조리 음식과 더불어 보잘것없는 개인 요리솜씨에 식도락의 즐거움을 의존할 수밖에 없었다. 그나마 5월 중순부터 점진적으로 문을 연 전문 식당들의 테이크아웃 음식들이 크게 위안이 되었다.

숙소에서 편안한 복장으로 부담 없이 음식을 즐기는 것도 그 나름의 매력이 없는 것은 아니었으나, 아무래도 레스토랑 특유의 분위기에서 제대로 된 외식을 하지 못하는 아쉬움은 쉽게 가시지 않았다.

그러던 중 드디어 오늘(7월 20일 월요일)부터 이전 정원의 40퍼센트까지라는 조건 아래 레스토랑에서의 식사가 정식으로 허용되었다. 개인적으로 이런 날을 그냥 보낼 수는 없었다. 점심이 조금 지난 시간에 거리에 나가 보니 아직까지는 준비가 된 식당이 많지는 않았다. 그러다 비교적 한적한 길목에서 아담한 규모의 레스토랑 하나를 발견하였다. 아레키파(페루 제2의 도시이면서 미식의 고장으로도 유명하다) 지역 음식 전문을 표방하고 있는 이 식당에는 마침 다른 손님이 없어 식사 내내 호젓하게 음식을 즐길 수 있었다.

식전 음료로는 옥수수 발효주인 '치차 데 호라chicha de jora'를 시켰다. 한 잔에 4솔(1400원)이었다. 페루의 약방에 감초 주전부리인 칸치타(옥수수 튀김)가 어김없이 서비스로 따라 나왔다.

전채 요리로는 오코파ocopa를 주문했다. 리마의 '파파 아 라 우앙카이나papa a la huancaina'와 더불어 페루의 감자 요리를 대표하는 아레키파 지역의 유명한 요리다. 특유의 맛을 지닌 소스가 일품인데, 가격은 16솔(5600원)이었다.

주요리로 시킨 것은 '로코토 레예노 콘 파스텔 데 파파rocoto relleno con pastel de papa'. 큼직한 로코토 고추 속을 소고기로 채우고 치즈를 얹은 음식에 감자와 치즈로 만든 케이크를 같이 내놓는 메뉴다. 30솔(1만 500원)이었다.

코로나19 때문에 레스토랑 분위기가 조금 삭막한 부분은 있었지만,

오코파　　　　　　로코토 레예노 콘 파스텔 데 파파

무려 4개월 만의 레스토랑 식사에 은근히 흥겨워져 치차 데 호라 한 잔을 더 시켰다. 기분 좋게 식사를 마치고 모두 54솔(1만 8900원)을 지불했다. 종업원에게 얼마간의 팁을 주니 무척 좋아했고, 4개월여 만에 그런 모습을 보는 내 마음도 상쾌했다.

　페루는 미식의 나라로 유명하다. 잉카 제국 시절부터 광활한 영토에 다양한 형태의 요리가 존재했는데, 16세기 초반 스페인의 정복 이후에는 스페인 요리는 물론이고 그들이 가져온 아랍식 향신료와 흑인 노예들의 음식 문화까지 혼합되기 시작하였다. 19세기에 들어서는 중국인 이민이 본격화되면서 '치파chifa'라고 불리는 중국식 음식이 널리 보급되기 시작하였고, 비슷한 시기에 역시 이민자들을 통해 일본과 이탈리아 요리의 영향도 가미되었다. 이렇게 역사적으로 여러 국가들의 요리가 서로 영향을 주고받으면서 오늘날 페루 요리의 깊이와 넓이가 만들어졌다.

또한 페루에는 엄청난 종류의 감자가 존재한다. 세상에는 약 5000 종의 감자가 있다고 하는데, 페루에는 3000종 정도가 있다고 한다. 이들은 종류에 따라 서로 다른 색깔, 모양, 식감을 가지고 있어 페루 요리의 다양성을 더해주고 있다. 이렇게 감자가 소중한 만큼 페루에서는 매년 5월 30일을 '감자의 날'로 정해놓고 기념한다. 다양한 페루 음식 가운데서도 '페루에 가면 반드시 맛보아야 할 5가지 요리'를 주관적으로 선정해보았다.

■ 세비체(ceviche)

페루에는 정말 다양한 형태의 세비체가 존재한다. 가장 기본적인 생선 세비체는 말할 것도 없고, 검정조개·부채조개 같은 조개 세비체, 가재 세비체 등 각종 해산물 세비체에 채식주의자를 위한 버섯 세비체, 콩고기 세비체까지 존재한다. 가격은 사용하는 재료에 의해 결정된다. 생선 세비체의 경우 흰살생선을 사용하는 것이 원칙인데 틸라피아tilapia가 저렴한 편이고, 코히노바cojinova, 팔메리타palmerita 같은 생선을 사용하면 가격이 높은 편이다. 우리나라의 광어나 도다리와 비슷하게 생긴 혀가자미lenguado는 최고급으로 친다.

세비체의 생선은 반드시 깍

세비체

둑썰기를 해야 하고, 양파가 곁들여진다. 페루 고구마인 카모테_{camote}와 큰 알갱이 옥수수도 마찬가지다. 카모테는 대부분 아름다운 주홍색이라 시각적인 효과를 더해준다. 고수도 흔히 사용된다. 페루에서 생선 세비체는 'must eat' 1호의 음식이지만, 여건이 된다면 '검정조개 세비체_{ceviche de concha negra}'까지는 맛볼 것을 추천한다. 세비체를 담글 때 사용한 국물을 이용해 만든 요리인 '호랑이의 젖_{leche de tigre}'까지 먹을 수 있다면 그야말로 만점이 되겠다.

② 로모 살타도(lomo saltado)

로모 살타도는 페루 요리의 대표 주자라고 할 수 있을 정도로 대중적이고 인기 있는 음식이다. 페루에서 로모 살타도를 취급하지 않는 음식점을 찾아보기 힘들 정도다. 어떻게 생각하면 그만큼 요리하기가 쉽다는 뜻도 된다. 로모 살타도는 우리식으로 이야기하자면 '소고기 등심 채소 볶음'이다. 우리 입맛에는 당연히 맞는데, 구미 관광객들에게도 상당한 인기가 있다. 양파, 피망 등 채소와 함께 등심을 볶고 보통 감자튀김과 함께 서빙된다.

③ 포요 아 라 브라사(pollo a la brasa)

페루 닭 요리의 대표 주자는 단연 '페루의 솔푸드'로 불리는 숯불 통닭구이, 즉 '포요 아 라 브라사'다. 지난 3월 16일 국가 비상사태 선

언으로 모든 식당이 폐쇄되었다
가 5월 들어 위생 조건을 충족하
는 식당에 한해 가정배달과 테이
크아웃 판매가 가능하게 되었다.
그러자 '포요 아 라 브라사' 전문
점의 오픈 시점이 전 국민의 관
심사가 되었다. 이런 기대에 부응

포요 아 라 브라사

하듯 피자헛, 맥도날드, KFC, 치파(중국집) 등을 제치고 '포요 아 라 브
라사' 전문점들이 제일 먼저 문을 열기 시작하였다.

　　나의 숙소 근처에 있는 한 식당이 처음으로 문을 열었을 때, 그 인기
는 가히 폭발적이었다. 맛을 비교해보고 싶다는 호기심으로 숯불구이
통닭과 슈퍼에서 파는 전기구이 통닭을 각각 하나씩 사서 시식을 해보
았다. 가격은 가게에 따라 약간의 차이는 있었지만 대체로 숯불구이 통
닭이 전기구이 통닭에 비해 1배 반에서 2배 가깝게 비쌌다. 내 입맛에
는 확실히 숯불구이 통닭 쪽이 나아 보였으나, 가격의 차이를 고려하면
각자의 선택이라는 생각이 들었다.

④ 카우사(causa)

　　카우사는 훌륭한 전채 요리로 사랑받고 있는 페루의 대표적인 감
자 요리 중 하나다. 다진 감자에 아보카도와 참치를 넣는 '리마 스타일

카우사'가 가장 전통적이다. 다진 감자의 농밀한 맛과 아보카도, 참치가 기가 막히게 어우러져 훌륭한 맛을 선사해준다.

그런데 이 요리의 이름인 '카우사causa'는 영어의 'cause'에 해당하는 스페인어인데, 글자 그대로는 '대의(명분)'란 의미다. 요리 이름치고는 거창한 만큼, 여러 가지 설이 있다. 그중 전쟁과 연관된 것들이 흥미롭다. 과거 스페인으로부터의 독립 투쟁을 벌였던 산마르틴 장군을 후원하기 위해 리마 시내에서 팔기 시작한 것이 그 유래가 되었다는 것이 첫 번째 설이다. 과거 칠레와의 태평양 전쟁(아시아에서의 태평양 전쟁과는 다르다) 중에 역시 군사 비용을 마련하기 위해 시장 상인들이 팔기 시작한 데서 이런 이름이 붙었다는 설도 있다. 어느 쪽이든 이 요리를 먹으면서 그 역사적 의미를 되새겨보는 것도 음식의 맛을 한층 돋우는 좋은 기회가 될 것이다.

카우사

5 쿠이(cuy)

쿠이는 애완동물로 널리 사랑받고 있는 기니피그guinea pig를 말한다. 옛 페루에서는 그 울음소리를 본떠 기니피그를 쿠이라고 불렀다고 한다. 그런데 쿠이 요리는 귀여운 애완동물을 먹는다는 심리적인 저항감과 그 적나라한 비주얼 때문에 적지 않은 사람들에게 거부감을 불러 일으킨다. 그러나 요리의 역사적 배경을 알게 되면 그럴 수도 있겠다는 생각이 든다.

과거 스페인 진출 이전의 잉카 지역에는 소, 돼지, 양, 염소 등의 가축이 존재하지 않았다. 심지어 닭도 없었다. 이런 가축은 스페인 정복 이후에 비로소 들어왔다. 당시 잉카인들이 사육했던 동물은 남미에 서식하고 있는 동물 중 낙타과인 야마llama와 알파카alpaca뿐이었다. 그런데 이 동물들은 털을 얻고 짐을 운반하기 위한 용도였다. 물론 식용으로도 이용되었지만, 평민들의 입장에서는 귀한 가축을 먹어치울 수는 없는 노릇이었다. 마치 조선 시대의 서민들이 소를 제대로 먹지 못했던 것과 비슷했을 것이다. 야마나 알파카는 주로 신께 바치는 제사용 음식으로 쓰이거나 소수의 왕족, 귀족이나 먹을 수 있는 귀한 것이었다.

그런 상황에서 당시 산악 지역에 사는 대부분 잉카 서민들의 유일한 단백질 공급원은 바로 쿠이였다. 기르기도 쉽고 번식력도 좋은 데다 넓은 공간이 필요하지 않아 적당한 곳에 키우면서 필요할 때 잡아먹으면 그만이었다. 이런 식으로 잉카의 쿠이는 태생부터 식용으로 키워졌다. 그 때문에 사람들의 인식도 자연스럽게 먹거리로 고착되었다. 게다가 남에게 내놓기 위한 요리가 아니라 자신들을 위한 음식이었기 때문에, 음식의 외관에 특별히 신경을 쓸 필요도 없었다. 털과 내장을 제거한 후 그대로 불에 구워 먹었던 전통이 오늘날 머리와 이빨, 발톱까지 그대로 남아 있는 쿠이 요리의 엽기적 모습의 유래가 된 셈이다(다만 오늘날 리마에서는 외국인들을 위해 대부분 머리 부분을 제거하고 준다).

그런데 사실 쿠이가 리마와 같은 대도시에서도 흔히 볼 수 있는 요리가 된 것은 얼마 되지 않는다. 쿠이는 오랫동안 안데스 산악 지역 거주민들의 전통 요리로 남아 있었다. 그러다가 1990년대 산업 발전과 함께 산악 주민들이 대거 도심으로 이동하면서 변화를 맞이하게 된다. 비록 몸은 도심에 있지만 옛 음식 맛을 그리워하는 산악 주민들의 수요에 맞추어 대도시에도 쿠이 요리가 하나둘 선보이기 시작한 것이다. 여기에 외국 관광객들의 수가 급증하면서 이색적인 것을 찾는 수요가 늘어나게 되었다. 결국 쿠이는 대외적으로도 페루를 대표하는 엽기 음식으로 널리 알려져 호기심과 도전정신 강한 관광객들의 필수 시식 요리가 되고 있다.

쿠이

페루의 민망한 현실을 집약한
디스코텍 참사

(2020.8.25.)

이곳 시각으로 8월 22일 토요일 저녁에 리마의 로스 올리보스Los Olivos 구에 위치한 토마스 레스토바Thomas Restobar라는 이름의 디스코텍에서 젊은이들을 대상으로 댄스파티, 즉 피에스타fiesta가 열렸다. 인터넷을 통해 120명 정도가 모인 이 피에스타는 명백한 불법이었다. 피에스타 영업 자체도 허가를 받을 수 없는 것이었지만, 국가 비상사태에서 밤 10시부터 다음 날 새벽 4시까지는 통행이 전면 금지되어 있기 때문이다.

결과적으로 말하자면 여기서 끔찍한 비극이 발생하였다. 주민의 신고를 받고 경찰이 출동하자 단속을 피하기 위해 2층에 위치한 디스코텍에서 지상으로 향하는 유일한 출구인 좁은 계단에 사람들이 몰리면서 무려 13명이 질식으로 사망한 것이다. 닫혀 있던 출입문이 문제였다. 사망자 중 여자가 12명이었다. 딸의 갑작스러운 죽음에 통곡하는 어머니의 울음소리에 지금도 귀가 먹먹하다.

현재 정확한 진상 규명을 위한 수사가 계속 진행되고 있지만, 이 비극에는 오늘날 페루의 착잡한 현실이 그대로 담겨 있다고 볼 수 있다.

우선, 현재 페루에서 코로나19가 상상을 초월할 정도로 만연해 있다는 것을 적나라하게 드러냈다는 점이다. 현장에서 23명을 체포하여 임시 구금하였는데, 이들을 대상으로 검사를 한 결과 무려 15명이 양성 반응을 보였다. 더 놀라운 것은 13명의 사망자 중 11명도 양성이었다는 것이다. 이들 모두가 밤새 춤을 출 정도로 젊고 건강한 사람들임을 감안할 때 검사 결과는 한층 충격적으로 다가온다.

두 번째는 표면적인 구호와 현실의 참담한 괴리다. 엄격한 프로토콜은 난무하는데 정작 그 속은 카오스인 현실이 그대로 드러난 사고라고 할 수 있는 것이다. 예를 들어 TV를 틀면 반드시 듣게 되는 구호 중에 '집에 머물러라Quédate en casa'가 있다. 하지만 현실은 그럴 수 없는 상황이다. 국민의 반 이상이 편안하게 머무를 집 안의 공간이 없을 뿐만 아니라 집에만 있어서는 당장 생계가 문제이기 때문이다. 이런 상황에서 방송 진행자와 연예인들이 온갖 멋진 포즈와 목소리로 구호를 반복적으로 외쳐보아야 그들만의 만족일 뿐 현장에서는 씨도 안 먹힐 이야기가 된다.

세 번째로는 페루의 피에스타 문화와 낙천주의의 민망한 민낯이다. 가족의 생일 등 크고 작은 행사를 위해서 열리는 피에스타는 술과 음식은 물론이고, 흥겨운 춤이 중요한 부분을 차지한다. 남미 특유의 낙천적인 기질 덕분인지 피에스타는 평소 페루 국민들에게는 필수적인 인적 교류 활동의 장이 되어왔던 모양이다.

문제는 정겹고 흐뭇한 시선으로 볼 수도 있는 이 피에스타 문화가 지나치게 고질적이라는 점이다. 국가 비상사태 기간 중에도 하루가 멀다 하고 TV 뉴스를 장식하는 불법 피에스타의 단속 장면들은 '이런 상황에서 꼭 저렇게까지 악착같이 파티를 즐겨야 하나?'라는 의문을 자아내게 만든다. 더군다나 불법 피에스타에는 일반 대중뿐만 아니라 자치단체장들을 포함한 이른바 사회 지도층 인사들도 끊임없이 연루되고 있다. 이런 절제 없는 '놀자 문화'는 평온한 시기에는 인생을 즐기는 모습으로 포장될 수 있지만, 오늘날과 같은 비상시국에는 오로지 불의 화려함에 이끌려 생각 없이 불 속으로 뛰어드는 '불나방'과 다를 바 없다.

이역만리의 디스코텍에서 13명의 젊은이들이 졸지에 횡액을 당했다는 뉴스를 접하면서 이런저런 착잡한 심정에서 벗어나기가 힘들다.

상처뿐인 정상화

(2020.9.24.)

파블로 카사도 Pablo Casado 는 현재 스페인 야당인 국민당 Partido Popular, PP의 대표다. 유력 정치가인 그가 며칠 전인 9월 17일 국회에서 현 정권의 코로나19 대처 정책을 비판하면서 한 발언이 페루에 전해지면서 잠시 매스컴의 화제가 되었다.

그는 "현재 스페인이 코로나19 환자 관련 통계 숫자에서뿐만 아니라 경제지표에서도 국제적으로 말석을 차지하고 있다"고 비판하면서 "스페인보다 더 성적이 나쁜 국가는 오직 페루뿐"이라고 지적하였다. 스페인 주재 페루 대사는 즉각 이 발언이 특정 국가를 거론한 부적절한 것이라고 반박하였지만, 공허한 제스처로 보였다.

먼저 인구 대비 사망률에 관해서는 이미 두 달 전부터 페루가 벨기에를 제치고 세계 최고의 지위를 굳건히 고수하고 있다. 벨기에는 팬데믹 초기에 확진되지 않은 양로원 사망 환자들을 코로나19 관련으로 집계하여 오히려 과잉 통계 문제가 있었는데, 이 숫자가 점차 정상화되면서 페루가 단연 세계 1위로 올라서게 된 것이다.

그러면 인구당 환자 발생 수는 어떤가? 9월 22일 현재, 인구 100만 명당 2만 3478명을 기록하면서 이 또한 인구 500만 명 이상의 국가로서는 세계 최고가 되었다. 다만 파나마, 바레인, 카타르 등 인구 소국들은 인구수에 관련된 특수 상황으로 비율이 여전히 더 높은 편이다.

그나마 총환자 수에 있어서는 불과 인구 3300만의 국가가 미국, 인도, 브라질, 러시아와 같이 인구 1억이 훌쩍 넘는 대국들과 어깨를 나란히 하며 세계 톱 5를 오랫동안 형성하더니, 인구 5100만의 콜롬비아가 최근 급격히 치고 올라오면서 겨우 5위 자리를 내어준 상태다.

경제 상황 또한 최악이다. 아메리카 대륙에서 가장 먼저 국가 비상사태를 선언하면서 경제 활동을 전면 중단시킨 데다가 지금 상당 부분이 재개되긴 했지만 여전히 세계 최장의 국가 비상사태 체제가 유지 중이기 때문이다.

원래 '비상'이란 말 자체가 한시적인 의미일 수밖에 없다. 비상사태가 너무 오래되면 그 자체가 이미 평상인 것이지 비상이 될 수는 없는 것이다. 이제 국민들도 완연히 지쳐 보이고, 초기에 의기양양하던 정부도 최근 대통령의 부패 문제까지 겹치면서 머쓱해졌다. 결국 다음 달(10

월)부터 어쩔 수 없이 경제 정상화 4단계라는 이름으로 국제 항공도 개방하고 체육시설 및 위락시설 영업을 허용하기로 했다.

이래저래 이번 페루 체류는 스페인어 어학연수라는 주된 목적 이외에 뜻하지 않게 범상치 않은(?) 한 국가의 모습을 바로 현장에서 지켜보는 귀중한 경험이 되고 있는 셈이다.

3개월 만에 받은
어학연수 평가서

이번 페루에서의 스페인어 연수는 어학능력시험 합격과 같은 구체적인 목표가 있었던 것은 아니었다. 사실 그럴 필요도 없었던 것이, 이미 국내에서 'DELE B2'라는 상당 수준의 자격증을 획득해놓은 상태였기 때문이다.

물론 더 높은 수준의 자격증에 도전해보는 것도 의미가 없지는 않겠으나, 그러기 위해서는 이번 연수의 주목적인 회화 능력 향상과는 별도로 작문, 독해, 청취 등 다른 영역에 대한 공부가 필요했다. 애초에 예정되었던 3개월의 기간을 고려할 때 공연한 일이라고 생각했다. 결국 선택과 집중의 전략으로 회화 능력 향상에만 힘을 쏟기로 했고, 어학원 선생님들에게도 "문법을 배우러 온 것은 아니다. 문법은 이미 알고 있으니 회화에 집중해달라"고 미리 주문했다.

　나름대로 열심히 한다고는 했지만 어학원 선생님들의 객관적인 평가가 항상 궁금했다. 그런 상황에서 연수 3개월을 맞이하며 한 선생님으로부터 귀중한 평가서를 받게 되었다. 지금까지 모두 5명의 선생님들과 같이 공부했는데, 평가서를 쓴 에리카Erika 선생님은 처음부터 한 번도 거르지 않고 꼬박 가르쳐준 사람이다. 나에 대한 평가에 누구보다도 자격이 있는 사람인 셈이다.

　평가서 원문과 함께 그 내용을 개략적으로 번역하여 소개하기로 한다. 개인적으로 좀 쑥스러운 측면도 있지만, 적지 않은 나이에 어학연수를 와서 이런 평가를 받을 수 있다는 점에서 앞으로 비슷한 시도를 할 사람들에게 좋은 자극이 되었으면 한다.

어학연수 평가서

김원곤 학생(나는 그를 Kim이라고 불렀다)과 3개월 이상 수업을 같이해본 결과, 그는 스페인어 회화 능력 향상을 목표로 이곳에 온 계획을 착실히 실행에 옮기고 있는, 근면하고 의지가 확고한 학생이라고 단언할 수 있습니다.

그는 고국에서 은퇴한 존경받는 흉부외과 의사였는데, 평소에 본업인 의학 이외에도 문학과 영화 등 다양한 분야, 특히 어학 공부에 남다른 관심을 가져왔다고 알고 있습니다.

그와 함께 수업을 하는 동안 그의 발전은 확연했습니다. 처음에는 몇몇 기초적인 실수들을 하기도 했습니다만 이제 그런 실수는 없어지고, 그동안 함께 다루었던 다양한 주제의 공부를 통해 어휘력과 언어 구사 능력도 크게 향상되었습니다. 호기심과 탐구심을 바탕으로 어떨 때는 즉석에서 주제를 정하기도 했습니다만, 많은 경우 그가 알고 싶은 주제를 미리 정해서 토론을 해나갔습니다.

그의 탐구열은 일반 스페인어 공부를 떠나 페루 특유의 표현법에 대한 관심으로까지 이어졌고, 실제 이를 실생활에 활용하였습니다. 그 외에도 국가 비상사태라는 어려운 환경 속에서도 슈퍼마켓, 약국, 식당 등 실생활 현장에서 스페인어를 적극 구사했습니다. 또 오히려 이런 기간을 능동적으로 활용하여 본인과의 정보 교환을 통해 적극적으로 숙소에서 각종 페루 음식과 칵테일을 만들어 시식, 시음하는 경험을 하기도 했습니다.

김원곤 학생은 본인이 이때까지 경험한 학생 중 매우 다재다능하고 의지가 확고한 사람이었습니다. 그는 본인이 제시한 다양한 형태의 과제에 항상 적극적으로 임하였고, 과제가 다소 까다로운 경우에도 한 번도 부정적인 답변을 하지 않았습니다. 그는 책임감 있고(responsable), 헌신적이며(dedicado), 앞서서 주도하고(proactivo), 끈기 있는(constante) 학생이었으며 이 때문에 현재 높은 수준의 스페인어 회화 능력을 가지게 되었다고 생각합니다.

큰 인정과 함께 축하를 받아 마땅합니다. 부디 그가 앞으로의 프랑스어 연수에서도 이번과 같은 성과를 거두길 바랍니다.

Erika Aguirre

Profesora de Español

Feedback de Wongon Kim

Wongon Kim (o Kim como yo le digo) es un estudiante al que lo ya he tenido por más de 3 meses y en todo este tiempo me he podido dar cuenta que es un estudiante muy aplicado y decidido porque se propuso mejorar su fluidez en español viniendo a un país hispanohablante con el único fin de perfeccionar su expresión oral en este idioma.

Kim es un cirujano cardiovascular jubilado y respetado en su país, pero no solo la medicina es uno de sus intereses sino que también los son: la literatura, el cine y entre ellos también los idiomas tanto así que domina otros cuatro idiomas a nivel avanzado como el chino y el japonés.

Puedo decir que su pasión por los idiomas es lo que lo ayuda a seguir mejorando.

Durante estos meses también puedo dar fe de que Kim ha mejorado muchísimo ya que al principio de nuestras sesiones se notaban ciertos errores básicos que con el tiempo los hemos ido corrigiendo y ahora ya no se los escucho como en los primeros días. Esto ha sido posible porque hemos practicado hablando sobre diversos temas y en la medida que hemos ido conversando, hemos ido incrementando su vocabulario también. Todo esto se ha logrado gracias a su esfuerzo por estudiar los temas que le sugería, muchas veces lo hacía con anticipación o también improvisamente y nos extendíamos en los contenidos porque Kim posee un espíritu curioso e investigador lo que nos permitía explayarnos con sus diferentes preguntas.

Debido a su gran curiosidad, nos pudimos enfocar y aprender sobre expresiones y frases exclusivamente peruanas las cuales ha logrado con éxito ponerlas en uso en diferentes contextos en la práctica oral conmigo y en la práctica real durante su estadía en Perú. Al mismo tiempo en su indagación por la cultura peruana, Kim ha conseguido relacionarse muy bien en diferentes ambientes como los supermercados, las farmacias, los restaurantes entre otros a pesar de la crisis que estamos atravesando. La pandemia también ha sido un gran motivo para empezar una nueva actividad en su departamento como es la cocina, que le ha permitido realizar y preparar algunos platos peruanos siguiendo varios consejos, recomendaciones e instrucciones para su eficaz elaboración, pero no solo ha conseguido preparar platos sino que también ha podido preparar con éxito tragos a base de pisco peruano que le han dejado una grata experiencia.

En estas líneas quiero expresar que Kim es uno de los estudiantes más versátiles y comprometidos que he tenido porque siempre ha estado dispuesto a hacer las actividades que le he sugerido y si era algo complicado me decía que lo intentaría y nunca he tenido una negativa como respuesta. Es un alumno muy responsable, dedicado, proactivo, constante con su aprendizaje y con lo que se propone porque quiere alcanzar un buen nivel y eso merece un gran reconocimiento y mis felicitaciones. Espero que del mismo modo logre lo mismo con el francés.

¡Sigue así!

Atentamente.

Erika Aguirre

Chapter 3

뭐니 뭐니 해도
발음이 쉽다

스페인어는 알파벳 표기 자체가 발음기호라고 불릴 정도로 발음이 쉽다. 초보 학습자들의 입장에서는 고마운 생각이 들 정도다. 5개밖에 없는 스페인어의 모음 'a', 'e', 'i', 'o', 'u'는 정확하게 '아', '에', '이', '오', '우'로만 발음될 뿐, 그 밖에 다른 음으로는 발음되지 않는다.

예를 들어 'casa(집)', 'mano(손)', 'papel(종이)'에서의 'a'는 한결같이 '아'로 발음되기 때문에 이들 단어는 각각 '카사', '마노', '파펠'로 발음된다. 이런 발음은 같은 'a'라고 하더라도 단어에 따라 '애(man·맨)', '에이(paper·페이퍼)', '어(along·얼롱)' 등으로 발음이 변하는 영어와 크게 다르다. 그만큼 발음에 골머리를 썩일 염려가 없다는 뜻이 된다.

그리고 스페인어는 프랑스어를 배울 때 힘들어하는 묵음 현상도 거의 없다. 유일한 묵음은 알파벳 'h'인데 어떤 경우에도 소리가 나지 않는다. 따라서 쿠바의 수도인 'Havana'도 정확한 현지 발음으로 '아바나'가 된다. 그 외는 묵음 현상이 전혀 없다. 예를 들어 프랑스어에서는 '레스토랑(restaurant)'처럼 끝의 멀쩡한 't'조차 발음하지 않지만, 스페인어에서는 프랑스어에서 항상 생략되는 단어의 끝 '-e'조차 '레스타우란테(restaurante)'와 같이 빠짐없이 발음한다.

복수 역시 대부분 단수와 발음이 동일한 프랑스어와는 달리 'papel(파펠) - papeles(파펠레스)'에서 알 수 있듯이 정확하게 구별하여 모두 발음하게 된다. 물론 'h'를 제외한 모든 알파벳을 그 음가대로 발음하다 보니 말이 전체적으로 딱딱해지는 느낌은 있다. 하지만 스페인어를 처음 배우는 외국인의 입장에서는 매우 편리한 점임에는 분명하다.

또 스페인어에는 프랑스어의 '앙', '앵', '옹', '욍' 등의 비모음이 없어 우리나라 사람들 입장에서 내기 어려운 발음이 거의 없다. 예외가 있다면 'r'과 'rr' 발음 정도가 된다. 'r'은 우리말의 'ㄹ' 발음을 성대를 진동시키면서 하면 되는데, 우리말에는 이런 발음이 없기 때문에 정확한 발음을 내기가 쉽지 않다. 'rr'의 경우에는 어떻게 보면 우리나라 사람들로서는 정확한 발음을 내기가 거의 불가능하다고 생각이 될 정도로 어려운 발음이다. 즉, 'ㄹ' 발음을 일반적인 성대 진동보다 더 길게 계속하면서 마치 가래 끓듯이 내는 소리를 말한다.

'perro 페-로(개)', 'arroz 아-로스(쌀)' 등의 단어에서 들을 수 있는 이 발음은 현지에서 태어나거나 아니면 각고의 노력을 기울여 많은 연습을 해야만 가능하다. 다행인 것은 정확한 발음이 되지 않더라도 상대방이 알아듣는 데는 큰 지장이 없다는 점이다. 따라서 이런 발음들은 정확히 하면 좋겠지만, 제대로 하지 못한다고 하더라도 전혀 걱정할 필요는 없다.

그리고 스페인어는 단어의 강세가 영어처럼 어렵지 않다. 우리나라 사람들이 영어를 배울 때 아주 힘들게 느끼는 부분 중의 하나가 단어마다 강세, 즉 악센트가 있고 이 강세의 위치가 달라지면 발음과 뜻이 달라지면서 의사소통에 결정적인 영향을 미치게 된다는 것이다. 게다가 이렇게 중요한 강세의 위치는 몇 가지 경우를 제외하고는 특별한 규칙이 없다. 이는 곧 모든 단어마다 따로 강세의 위치를 파악해야 된다는 것을 의미한다.

그런데 스페인어에서 강세, 즉 아센토acento의 위치는 영어와 달리 매우 일정한 규칙을 따른다. 따라서 약간의 규칙만 숙지하면 어렵지 않게 단어를 발음할 수 있다. 우선 단어 끝이 'n', 's'인 경우를 제외하고 자음으로 끝나는 말은 모두 마지막 음절에 아센토가 있다. 예를 들면 'amor(사랑)'와 'ciudad(도시)'의 경우, 각각 'a-mor 아-모르', 'ciu-dad 시우-다드'와 같이 발음되는 것이다. 그리고 단어 끝이 'n', 's' 또는 모음으로 끝나는 경우에는 뒤에서 두 번째 음절에 강세가 오게 된다. 예를 들면 'joven(젊은이)'과 'padre(아버지)'의 경우 각각 'jo-ven 호-벤',

'pa-dre 파-드레'로 발음된다. 이 얼마나 간단명료한가!

만일 이런 두 가지 규칙을 벗어나는 경우에는 간단하게 프랑스어의 악상테귀와 모양이 같은 '틸데tilde'라는 아센토 부호를 붙여주기만 하면 그만이다. 예를 들어 'lágrima(눈물)', 'jardín(정원)'과 같은 경우가 바로 그것이다. 이들 단어에서는 아센토 부호가 있는 곳에 강세를 두어 각각 'la-gri-ma 라-그리-마', 'jar-dín 하르-딘'으로 발음하면 된다. 이처럼 스페인어는 영어에 비해 단어 강세의 위치 파악이 매우 쉽기 때문에 그만큼 배우기가 쉽다.

동글동글(o), 아롱아롱(a) 스페인어

스페인어를 공부하다 보면 영어와 어원은 같은데 어미에 특징적으로 'o'나 'a'가 붙는 단어를 자주 만나게 된다. 심지어 어떤 단어들은 영어 단어에 그냥 'o'나 'a'만 붙이면 그만이다. 이 때문에 스페인어 학습자들의 입장에서는 이런 단어들을 한번 종합적으로 정리해놓으면 영어 단어 실력을 바탕으로 스페인어 어휘력을 자연스럽게 높일 좋은 기회가 될 수 있고, 심지어 스페인어를 처음 접하는 사람들도 일시에 수십 개의 고급 스페인어 단어들을 별다른 노력 없이 바로 알게 되는 행운을 누릴 수 있다.

여기에 해당하는 단어에는 상당히 많은 예들이 있지만 지면상 각각 20개씩의 단어들만 선정하여 소개한다.

뜻	영어	스페인어
간격	interval	intervalo
비용	cost	costo
재능	talent	talento
타원형	oval	óvalo
인간, 사람	human	humano
아스팔트	asphalt	asfalto
시멘트	cement	cemento
캐러멜	caramel	caramelo
프로토콜	protocol	protocolo
추상적인	abstract	abstracto
구체적인	concrete	concreto
삼각형	triangle	triángulo
투표	vote	voto
산소	oxygen	oxígeno
오존	ozone	ozono
흡혈귀	vampire	vampiro
동의어	synonym	sinónimo
대성공	triumph	triunfo
팸플릿	pamphlet	panfleto
신화	myth	mito

뜻	영어	스페인어
신경세포	neuron	neurona
단백질	protein	proteína
비타민	vitamin	vitamina
아스피린	aspirin	aspirina
헤로인	heroin	heroína
아드레날린	adrenalin	adrenalina
인슐린	insulin	insulina
멜라토닌	melatonin	melatonina
피칸	pecan	pecana
권총	pistol	pistola
코카인	cocaine	cocaína
호르몬	hormone	hormona
엔도르핀	endorphin	endorfina
가솔린	gasoline	gasolina
다이너마이트	dynamite	dinamita
플랫폼, 발판, 강령	platform	plataforma
디스코텍	discotheque	discoteca
과일	fruit	fruta
레모네이드	lemonade	limonada
피곤	fatigue	fatiga

사족처럼 붙어 있는 단어 앞의 'e'

우리는 옳건 그르건 관계없이 영어를 통해 모든 서양 언어를 보게 된다. 그래서 영어와 다른 체계를 가진 언어를 처음 대할 때는 어쩔 수 없이 어색하고 부자연스러운 느낌을 받을 수밖에 없다.

이번에 소개하는 스페인어 단어들도 그런 종류에 속한다. 분명히 영어 단어와 같은 어원을 가진 것 같은데, 앞 글자인 's' 앞에 불필요하게 보이는 'e'가 붙어 있는 것이다. 영어의 기준에서 보면 없어도 될 괜한 철자 하나가 사족처럼 붙어 있는 셈이다.

이런 흥미로운 철자 체계는 같은 로맨스어 계열인 이탈리아어나 프랑스어에서는 볼 수 없다. 반면 같은 이베리아반도 국가인 포르투갈어에서는 거의 같은 현상이 보이는 것으로 보아 이렇게 's' 앞에 'e'가 붙는 철자법은 옛날 이베리아반도의 방언에서 출발한 것이 아닌가 추측해볼 수 있다. 당연히 's'로 시작되는 단어에 모두 다 'e'가 붙는 것은 아니다. 다만 영어와 어원을 같이하는 단어에서 이런 현상이 두드러져 보인다. 아무튼 이런 스페인어 단어의 독특한 철자 체계를 염두에 두면 학습자의 입장에서는 스페인어 단어 습득에 한층 재미를 느끼게 될 것이다.

이런 범주의 단어 역시 실로 많은 예들이 존재하지만 여기서는 대표적인 20개 단어만 추려서 소개하기로 한다.

뜻	영어	스페인어
전략	strategy	estrategia
스트레스	stress	estrés
학교	school	escuela
스타디움, 무대	stadium, stage	estadio
공부	study	estudio
학생	student	estudiante
구조	structure	estructura
조각상	statue	estatua
조각	sculpture	escultura
장면, 신, 무대	scene, stage	escena

시금치	spinach	espinaca
통계	statistics	estadística
스파이	spy	espía
종, 종류	species	especie
회의주의자, 회의적인	sceptic(al), skeptic(al)	escéptico
위장	stomach	estómago
상태, 신분	state	estado
(계량기의) 눈금, 사다리	scale, ladder	escala
표준	standard	estándar
역, 정거장	station	estación

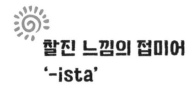

찰진 느낌의 접미어
'-ista'

사전적 정의에 의하면 스페인어 '-ista'는 '명사의 어근에 붙어서 그것을 전문으로 하는 사람이라는 뜻을 만드는 접미사'로 되어 있다. 그러나 반드시 전문인을 의미하지는 않는다는 것은 다음 표의 예들을 보아도 쉽게 알 수 있다. 그리고 전문인을 나타내는 접미사로는 profesor(선생님), historiador(역사가) 등에서의 '-or', cirujano(외과의사), astrólogo(점성술사)에서의 '-o' 등 다른 것들도 있다.

그런데 위키 낱말사전Wiktionary에 의하면, '-ista'는 스페인어뿐만 아니라 포르투갈어, 이탈리아어, 헝가리어에도 같은 용법으로 사용되고 있다고 한다. 포르투갈어와 이탈리아어는 같은 어족에 속하니까 이해가 되지만, 헝가리어의 경우는 상당히 의외다.

어쨌든 '이스타(-ista) 접미어'는 그 발음 자체가 찰지다. 예를 들어 영어의 '택시 드라이버taxi driver'를 '탁시스타taxista'라고 발음하는 순간 무언가 형언할 수 없는 통쾌한 매력이 느껴진다. '드러머drummer'를 가리키는 '바테리스타baterista'도 마찬가지다.

이런 의미에서 '-ista'로 끝나는 많은 단어들 중 20개 단어만 뽑아서 소개해보겠다. 한 가지 재미있는 것은 'autopista'와 같은 단어의 경우 형태는 비슷하지만 이런 범주에 속하지 않고 그냥 '고속도로'라는 뜻이 된다.

뜻	영어	스페인어
예술가	artist	artista
주주	shareholder	accionista
치과 의사	dentist	dentista
축구 선수	football player, soccer player	futbolista
자전거 선수	cyclist	ciclista
택시 운전사	taxi driver	taxista
운송업자	transporter	transportista
해수욕객	beach swimmer	bañista
도매업자	wholesaler	mayorista
소매업자	retailer	minorista

기자	journalist	periodista
등산가	climber, mountaineer	alpinista
도보 여행자, 하이커	hiker	senderista
테러리스트	terrorist	terrorista
자아도취자	narcissist	narcisista
절약가, 저축인	saver	ahorrista
연금 생활자	pensioner	pensionista
미니멀리스트	minimalist	minimalista
의원	congressman	congresista
치료사	therapist	terapista

숨 가쁜 스페인어

스페인 사람이든 중남미 사람이든 간에 스페인어를 구사하는 사람들의 말을 들을 때면 종종 숨 가쁠 정도로 빠르다는 느낌을 가지게 된다. 가령 TV에서 진행자나 출연자들이 흥이 나서 이야기를 하기 시작하면, 저러다가 숨넘어가는 것이 아닌가 하는 생각이 들 정도가 된다. 실제 스페인어를 구사하는 현지인들은 나라에 따라 정도의 차이는 있지만, 스스로도 말이 빠르다고 생각하는 경우가 많다.

정말 스페인어 구사자들은 말을 빨리하는 것일까? 만일 그렇다면 특별한 이유가 있는 것일까? 해답의 단초는 앞서 설명한 〈뭐니 뭐니 해도 발음이 쉽다〉, 〈동글동글, 아롱아롱 스페인어〉, 〈사족처럼 붙어 있는 단어 앞의 'e'〉, 그리고 〈찰진 느낌의 접미어 '-ista'〉에 거의 다 들어 있다.

우선 스페인어는 알파벳이 바로 발음기호라고 불릴 정도로 대부분 알파벳 그대로 정직하게 발음이 된다. 영어나 프랑스어에서 흔히 볼 수 있는 연음이나 측음 현상도 물론 있긴 하지만, 손에 꼽을 정도다. 그렇다 보니 같은 내용을 전달하는 데에 시간이 더 걸릴 수밖에 없고 이를 만회하기 위해서는 숨 가쁘게 이야기할 수밖에 없다는 논리다.

예를 들어 '중요하다'라는 뜻의 형용사를 영어는 'important'라고 3음절로 발음하고, 프랑스어는 영어와 같은 스펠링을 '앵포르탕'이라고 흘려서 더 편안하게 이야기할 수 있다. 그런데 스페인어의 경우에는 'importante', 즉 '임포르탄테'라고 또박또박 된소리로 발음을 해야 한다. 음절도 5음절이 되고 그만큼 속도를 높여야 제시간에 같은 의미를 전달할 수 있게 되는 것이다.

또 다른 예로 '학생'이라는 의미의 'student'를 들어보자. 영어는 물론이고 프랑스어로도 에튀디앙étudiant으로 발음이 되는 단어를 스페인어는 앞에 'e'까지 붙여 '에스투디안테estudiante'의 6음절로 힘을 주어 발음을 해야 한다. 그러다 보니 이를 만회하기 위해 말하는 속도를 숨 가쁘게 올릴 수밖에 없는 것이다. 물론 그 반대의 예들도 찾으면 있을 것이고 나라 간의 단어 자체가 아예 다른 것도 얼마든지 있을 것이다. 그러나 대체적인 상황이 그렇다는 것은 부인하기 어렵다.

이번에는 동글동글한 스페인어의 예를 들어보자. 같은 어간의 어미에 'o'가 붙는 특성 때문에 졸지에 인터벌interval이 인테르발로 intervalo가 되고 휴먼human은 우마노humano, 캐러멜caramel은 카라멜 로caramelo로 음절 수가 늘어나게 된다. 이런 현상은 소수의 예외를 제 외하고는 'a'가 붙는 아롱아롱한 스페인어에서도 마찬가지고 접두어 'e', 접미어 'ista'에서도 똑같이 적용된다. 결론적으로 말하자면 스페인 어 단어들의 특성 자체가 같은 뜻의 다른 언어에 비해 음절을 늘리게 끔 구성되어 있다는 것이다.

스페인어와 영어를 비교한 한 외국의 조사에 의하면, 영어권 사람들 이 1초에 6음절 정도를 발음하는 데 비해 스페인어권 사람들은 7.8음절 을 말한다고 한다. 그리고 같은 10음절을 발음한다고 했을 때, 영어가 스페인어에 비해 더 많은 정보를 전달하는 것으로 조사 결과는 전하고 있다. 결국 스페인어 구사자들은 같은 시간에 비슷한 정보를 전달하기 위해서 말의 속도를 높이고 있다는 이야기다.

이 조사에서는 또한 문장의 음절 수 차이를 주요한 이유로 들고 있 다. 예를 들어 '만나서 반갑다'라는 뜻의 문장이 영어(Nice to meet you) 는 5음절인 데 비해, 같은 뜻의 스페인어(Encantado de conocerte)로는 9 음질이 필요하다는 것이다.

영어의 축약 형태도 이 차이를 더해주고 있다. 즉, 영어로 5음절 의 'I'd like a beer'가 스페인어로는 'Me tomaré(또는 querría) una cerveza'로 8~9음절이 필요하다는 것이다. 결국 같은 시간에 같은 정보를 전달하기 위해서는 스페인어가 30퍼센트 더 많은 음절 수를 필요로 하고, 이 때문에 빠르게 이야기할 수밖에 없다는 것이다.

단어의 발음에서 오는 차이든 문장 구조에 의한 차이든 그 정확한 학문적 규명은 이 글의 목적이 아니다. 그러나 스페인어 학습자들의 입장에서는 이 흥미로운 주제에 관해 한번 생각해볼 기회를 가지게 된다면 공부에 더욱 재미를 느끼게 될 것이다.

화통한 스페인어

2003년 일본어, 2005년 중국어, 그리고 2006년 프랑스어에 이어 네 번째 외국어로 2007년부터 스페인어를 공부하기 시작했다. 그 과정에서 상당 기간을 학원 강의에 의존했기 때문에, 학원에 대해서는 웬만한 사람들에게는 뒤지지 않는 직접 경험을 가지고 있다고 볼 수 있다.

그런데 다양한 학원에 다니면서 여러 선생님들을 접하다 보니 스페인어 선생님들과 프랑스어 선생님들 사이의 흥미로운 차이점이 느껴졌다. 물론 예외 없는 법칙이 없듯이 100퍼센트 정답일 수는 없다. 하지만 대체적으로 스페인어 선생님들은 목소리도 활발하고 성격도 화통해 보이는 경우가 많았다. 이런 겉모습은 상대적으로 목소리도 차분하고 성격도 자분자분해 보이는 프랑스어 선생님들과는 상당히 대조적으로 보였다.

과연 이런 차이가 있을까? 만일 있다면 그 차이는 어디서 연유하는 것일까?

일단 두 가지 해석이 있을 수 있다. 하나는 해당 성격의 사람들이 해당 언어가 마음에 들어 공부를 택했을 가능성이고, 또 하나는 공부를 하면서 언어의 특성에 이끌려 조금씩 그런 쪽으로 강화되거나 바뀌었을 가능성이다. 개인적인 결론을 앞세운다면 전자에 후자가 가미된 형태가 아닐까 한다.

여기서 관점을 조금 비약해보면, 1492년 콜럼버스의 아메리카 대륙 진출 이후 불과 수백 명의 병력으로 당시 인구가 수십만, 수백만 명에 달했을 아스테카와 잉카 문명을 파죽지세로, 그리고 잔인하게 정복한 스페인 정복자들의 대담하고 무모하기까지 한 행적들도 결국 스페인 언어의 특성과 어느 정도 관련이 있지 않나 싶다. 알파벳을 숨김없이, 그리고 강하게 발음하는 언어의 특성이 그들의 직선적이고 저돌적인 성격이 형성되는 데에 자연스럽게 일조를 한 게 아닌가 하는 것이다. 이에 비한다면 프랑스어의 경우 수많은 묵음과 연음에서 볼 수 있듯이 직선보다는 곡선형이다. 즉, 부드러우면서도 상대방보다 약간은 우위에 있는 듯한 태도가 몸에 밴, 이런저런 생각이 많은 국민성과 연관이 없다고 할 수 없을 것이다. 이런 맥락에서 보면, 만일 스페인 대신 프랑스가 처음으로 아메리카 대륙에 진출했더라면 그 이후의 세계사적 양상은 엄청나게 달라졌을 것이다.

다시 관점을 축소하여 정리를 해보면, 결국 '화통한' 분위기의 스페인어와 '우아한' 분위기의 프랑스어로 압축할 수 있을 것 같다. 전형적인 이분법적 논리 비약의 위험성을 감수하고 그간의 공부 경험을 바탕으로 단편적인 느낌을 정리해보았다. 당연히 학문적 깊이와는 전혀 관계없는 단순한 호사가적 관심에서 나온 내용임을 밝혀둔다.

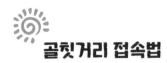

골칫거리 접속법

스페인어는 비교적 문법 체계가 명료하고 발음하기가 용이하기 때문에 난도가 높지 않은 외국어 중의 하나로 손꼽힌다. 그러나 그런 스페인어에도 동사 변화는 힘든 것으로 정평이 나 있는데, 그중에서도 '접속법'은 복병처럼 도사리고 있는 공포의 장애물이다.

물론 영어에도 접속법이라는 어법이 없는 것은 아니지만, 스페인어와는 비교가 되지 않을 정도로 드물게 사용되고 있기 때문에, 영어권 학습자의 입장에서도 힘든 어법일 수밖에 없다. 그런데 우리나라 사람들의 경우에는 접속법의 개념 자체가 아예 없기 때문에 초보 스페인어 학습자들에게는 처음에 그 윤곽을 잡는 것조차 힘들다.

접속법이란 구체적으로 어떤 것인지 살펴보자.

접속법subjunctive mood은 문법적으로 직설법indicative mood, 명령법 imperative mood과 함께 동사의 세 가지 법 중의 하나다. 여기서 법mood 이란 말은 '방법, 방식'을 뜻하는 라틴어 'modus'에서 유래했다. 따라서 동사의 법은 말하는 방법, 즉 스타일의 차이를 의미하게 된다.

먼저 직설법은 간단하게 사실을 그대로 이야기하는 방식을 말한다. 예를 들면 '그는 훌륭한 의사다', '그녀는 횡단보도를 건너고 있다'와 같이 어떤 명백한 사실을 말하거나 기술하는 방법으로, 모든 언어에서 가장 흔하게 사용되는 어법이다.

명령법은 영어에서의 'Stand up!'이나 우리말에서의 '저쪽으로 가서 앉아라!'와 같이 느낌표를 붙이면서 명령을 전달하는 방식의 어법을 말한다.

반면 접속법은 직설법이나 명령법과는 달리 이론적이거나 이상적인 상황, 그리고 바라는 상황 등에서 사용된다. 즉, 접속법 동사는 아직 일어나지 않았거나 앞으로 일어날지도 모르는, 그리고 일어나야만 하거나 일어날 수 있는 행동을 표현하게 되는 것이다. 다시 말하면 접속법이란 명확한 긍정도 부정도 아닌 세계, 즉 불확정·불확실성을 묘사하는 어법이라고 할 수 있다.

이 접속법이라는 용법은 영어에서도 그 예를 찾아볼 수는 있다. 'If I were you, I would go there(만일 내가 너라면 그곳으로 갈 것이다)'라는 가정법 문장을 보자. 이 문장에서 'I were'는 주어가 1인칭임에도 불구하고 보통의 직설법 동사인 'was' 대신에 'were' 동사가 사용되고 있다. 바로 이것이 접속법의 한 예가 된다. 또 'The teacher suggested that you (should) arrive on time(선생님은 당신이 제시간에 도착했으면 합니다)'에서 주절의 'suggested'라는 과거 시제와 관계없이 'that' 절에서 'arrived' 대신 'arrive'가 사용된 것도 접속법의 다른 예가 된다. 그러나 영어에서의 접속법은 이런 정도의 몇 가지 보기에 지나지 않고, 따라서 사람들도 그 존재에 대해 별로 인식하지 못한다.

반면 스페인어에서의 접속법은 이보다 훨씬 광범위하게 사용되고 있다. 여기에서 그 모든 예를 다 들 수는 없지만, 원칙적으로 스페인어의 접속법은 말하는 사람의 주관적 판단으로 볼 때 앞으로 일어나거나 하게 될 일을 예상하거나, 혹은 비현실적이거나 경험해보지 못한 내용을 상상 또는 가정할 때 주로 사용된다. 대부분 주절에 이은 종속절에서 접속되어 사용되기 때문에 문법적으로 접속법이라는 이름이 붙게 된 것이다.

이해를 돕기 위해 스페인어에서 접속법이 사용되는 전형적인 상황들을 몇 가지만 들어보면 다음과 같다.

먼저 접속법은 주절의 동사가 희망, 명령, 금지, 허락 등의 뜻을 가지거나 의심, 불확실한 의미를 지닐 때 사용된다. 예를 들어 'Queremos que esté contenta(We want that she is happy · 우리는 그녀가 행복하기를 원합니다)'라는 희망을 나타내는 문장에서 일반적으로 사용되는 직설법

3인칭 동사 'está' 대신 접속법 동사 'esté'가 사용된 것이 접속법의 구체적인 보기가 된다.

또 다른 예로 'Dudo que sean listos(I doubt that they are clever · 나는 그들이 총명한지 의심스럽다)'와 같은 의심을 나타내는 문장에서 직설법 3인칭 복수 동사인 'son' 대신 접속법 동사 'sean'이 사용되고 있는 것을 알 수 있다.

이외에도 접속법은 영어에서의 'It is necessary that……', 'It is possible that……', 'It is important that……'과 같이 필요, 가능, 당위성 등을 나타내는 무인칭 문장에서도 사용되고, 기타 형용사절, 부사절에서도 광범위하게 사용되고 있다.

부사절에는 'Si fuéramos en coche llegaríamos a tiempo(If we went by car we'd be there in time · 만일 우리가 차로 간다면 제시간에 도착할 수 있다)'와 같은 가정법 'Si(If)' 절에서의 용법도 포함된다.

그런데 사실 접속법의 문제는 비단 스페인어에 국한된 것은 아니다. 라틴어(로맨스어) 계통의 언어에는 보편적인 현상이다. 혹자는 로맨스어 계열의 언어를 사용하는 사람들은 원래 고대로부터 시적인 성격이 농후하기 때문에, 의사를 전달하는 데 있어 직설적인 표현보다는 이론적이거나 또는 이랬으면 하는 이상적인 감정을 곁들여 표현하는 것을 즐겨 하였고, 이것이 바로 오늘날 접속법의 유래라고 설명하기도 한다. 반면 이와 대조적으로 영어와 같은 게르만 어족 사람들은 성격상 옛날부터 정보를 전달함에 있어 보다 직접적이고 직설적인 방법을 선호하였기 때문에 오늘날 직설법적인 어투가 더 발전하였다는 것이다.

그 정확한 유래야 어떻든, 접속법은 오늘날 로맨스어 계통에서 광범위하게 사용되고 있는 어법이기 때문에 프랑스어 역시 처음 배울 때는 접속법 때문에 스페인어와 비슷한 어려움에 봉착하게 된다. 차이가 있다면 프랑스 사람들도 인정할 정도로 스페인어의 접속법은 훨씬 복잡하다는 것이다.

어쨌든 스페인어 접속법은 우리나라 사람들 입장에서는 그 개념 자체를 이해하기 어렵고, 따라서 정확한 사용법을 숙지하는 데에는 상당한 노력이 따를 수밖에 없는 난관 중의 하나라고 볼 수 있다.

스페인어 문장부호
- 친절한 금자 씨

스페인어를 처음 배우는 사람들이라면 누구나 재미있어하지만, 막상 사용하려면 매우 번거롭게 여겨지는 문장부호들이 있다. 의문문과 감탄문 앞에 위치하고 있는 거꾸로 된 의문부호(¿)와 감탄부호(¡)가 바로 그것이다.

다음의 예들을 보자.

¿A dónde vas? (어디 가?)

¡Que calor! (아, 더워라!)

이 문장들에서 보는 바와 같이 스페인어의 의문문과 감탄문은 마치 문장부호가 문장을 둘러싸듯이 앞뒤로 위치하고 있는 것을 알 수 있다. 그것도 앞의 부호는 거꾸로 된 모습으로.

도대체 다른 언어들에서는 찾아보기 힘든 이런 부호 시스템은 어디에서 유래된 것일까? 흔히 말하기를 이런 부호는 그다음 이어지는 문장이 의문문 또는 감탄문임을 친절하게 알려주는 역할을 한다고 하지만, 그것만으로는 설명이 부족하다. 다른 언어들은 모두 친절하지 않다는 말이 되기 때문이다.

결국 해답은 스페인어의 독특한 문장구조에 있다고 생각한다. 과거 중세 시대에는 대부분의 일반 국민들이 문맹에서 벗어나지 못했다. 글자 해독이 가능한 사람은 성직자를 포함한 일부 지식층뿐이었다. 그래서 책이 출간되면 그 내용을 읽어서 대중에게 전달해줄 필요가 있었다. 그런데 스페인어의 독특한 문장구조가 효율적인 읽기에 방해가 되는 경우가 많았다. 스페인어에서는 동사 변화가 주어에 따라 다양하게 이루어지기 때문에, 문장 내에서 주어를 생략하더라도 의미 전달에 큰 문제를 일으키지 않는다.

예를 들어 'Es tu hermano'라는 문장을 살펴보자. 이 문장은 영어로는 'He is your brother'라는 뜻인데, 'He'를 생략하고 마치 'Is your brother'와 같은 표현을 한 것이다. 영어로는 있을 수 없는 문장이지만, 스페인어로는 얼마든지 가능하고 또 보편적으로 사용하는 형태다. 동사만으로도 주어를 유추하는 것이 충분히 가능하기 때문이다.

그런데 알다시피 영어에서는 의문문을 만들려면 주어와 동사를 도치해야 한다. 위의 예를 사용하면 'Is he your brother?'가 되는 것이다. 그런데 스페인어에서는 주어가 없기 때문에 이를 도치하는 형태가 나올 수 없다. 따라서 'Es tu hermano'는 문장부호에 따라 긍정문도 될 수 있고(그는 너의 형제다), 의문문도 될 수 있는 것이다(그는 너의 형제냐?). 이렇게 문장의 시작 모양만 보고는 긍정문인지 의문문인지 알 수 없기 때문에 글을 읽어줄 때 억양을 실수하는 경우가 다반사였다. 문장이 길 때는 더욱 그러하였다.

그래서 아예 문장 앞에 부호를 추가함으로써 그다음 나오는 문장의 형식을 정확하게 알려주기로 한 것이다. 그리고 의문문에서의 이런 발상은 역시 억양이 중요한 감탄문에도 적용되었다.

자, 어떤가. 금자 씨의 친절에도 이유가 있지만, 친절한 스페인어 문장부호의 탄생에도 이런 배경이 있다.

같은 뜻
다른 표기

페루 체류 기간 중 현지 TV 뉴스에서 아주 많이 접할 수 있었던 단어 중 하나가 '우시UCI'였다. 앵커들은 연일 '카마 우시가 부족하다', '카마 우시를 더 확보해야 한다'를 외치고 있었다.

　우리말로는 마치 비속어처럼 들릴 수도 있는 이 약자로 된 단어의 뜻을 짐작할 수 있는 사람은 많지 않을 것이다. 그런데 만일 이 단어와 같은 뜻을 가진 영어 약자인 아이시유ICU라고 말하면 아는 사람이 은근히 많을 것이다. 바로 병원의 중환자실을 의미하는 'Intensive Care Unit'의 머리글자를 딴 약자이기 때문이다.

　'카마 우시cama UCI'는 영어의 'ICU bed'를 뜻하는 스페인어 단어로, 중환자실 병상이란 의미가 된다. 그런데 자세히 보면 UCI는 별다른 머리글자가 아니라 ICU를 정확하게 글자만 거꾸로 배열한 형태임을 알 수 있다. 이 흥미로운 차이는 어디서 연유한 것일까?

그 이유는 사실 간단하다. 영어에서는 우리말과 같이 형용사가 명사 앞에서 수식을 하지만, 스페인어에서는 대부분의 형용사가 명사 뒤에서 수식을 하기 때문에 벌어진 현상이다.

1997년 우리나라가 국가 부도 사태를 겪었을 때 크게 유명해졌던 국제통화기금을 예로 들어보자. 국제적인 통용 약자는 IMFInternational Monetary Fund이다. 그러나 스페인어식으로는 명사를 수식하는 형용사의 위치 차이 때문에 완전히 거꾸로 FMIFondo Monetario Internacional가 된다.

또 영어로 에이즈가 'Acquired Immune Deficiency Syndrome'의 머리글자를 따 AIDS로 불리는 데 비해, 스페인어에서는 형용사가 뒤로 가 'Síndrome de Inmuno-Deficiencia Adquirida'로 표현되기 때문에 그 약자는 SIDA가 된다.

스페인어식 약자 표현에서 또 하나 흥미로운 형태는 복수로 된 일부 단어의 경우 알파벳을 중첩하여 표현하는 것이다. 예를 들면 영어로 미국을 가리키는 약자가 United States of America를 줄인 형태인 'USA'인 데 비해, 스페인에서는 미국을 가리키는 Estados Unidos를 EU라고 하지 않고 'EE UU'로 표기한다.

그런가 하면 세계보건기구처럼 구성 단어 자체가 완전히 다르기 때

문에 'WHO'가 전혀 다른 머리글자로 된 약자인 'OMS'로 만들어지기
도 한다.

　다음 표는 우리가 일상생활에서 흔히 사용하는 약자들 중에서 영
어와 스페인어 사이에 차이를 보이는 단어들을 정리한 것이다.

뜻	영어	스페인어
첫 번째 유형		
중환자실	ICU	UCI (la Unidad de Cuidados Intensivos)
국제통화기금	IMF	FMI (Fondo Monetario Internacional)
유럽연합	EU	UE (Unión Europea)
디엔에이	DNA	ADN (Ácido DesoxirriboNucleico)
에이즈	AIDS	SIDA (Síndrome de Inmuno-Deficiencia Adquirida)
유엔	UN	ONU (Organización de las Naciones Unidas)

유전자 변형 식품	GMO	OGM (Organismo Genéticamente Modificado)
비정부 기구	NGO	ONG (Organización No Gubernamental)
두 번째 유형		
미국	USA	EE UU (Estados Unidos)
올림픽	Olympic Games (약자 없음)	JJ OO (Juegos Olímpicos)
인권	Human Rights (약자 없음)	DD HH (Derechos Humanos)
화장실	WC (water closet)	SS HH (Servicios Higienicos)
세 번째 유형		
세계보건기구	WHO	OMS (Organización Mundial de la Salud)
미확인 비행 물체	UFO	OVNI (Objeto Volador No Identificado)

있는 듯 없는 듯, 없는 듯 있는 듯 동음이의어

세상에 존재하는 어떤 언어든 동음이의어가 존재하지 않는 것은 없다. 그러나 스페인어는 철자 하나하나가 그대로 발음기호 역할을 하기 때문에 이론적으로 동음이의어가 존재하기가 쉽지 않다. 그렇다고 해서 스페인어에 동음이의어가 없느냐 하면 결코 그런 것은 아니다. 그러면 스페인어에서 동음이의어가 생길 수밖에 없는 중요한 이유들에 대해 살펴보기로 하자.

1 틸데(tilde) 문제

스페인어에서는 틸데라고 부르는 아센토acento 부호가 있다. 단어의 강세가 정상 규칙을 따르지 않고 예외성을 띨 때 그 강세를 표시해

주기 위한 용도다. 모음 a, e, i, o, u 위에 붙어 각각 á, é, í, ó, ú로 표기되는데, 틸데가 있으면 일반적인 강세 규칙과 관계없이 그 부분에 강세를 주라는 의미가 된다.

틸데는 이외에도 두 단어를 구별할 목적으로도 사용된다. 예를 들면 영어의 'when'에 해당하는 단어인 '쿠안도'가 의문사로 사용될 때는 틸데를 붙여 'cuándo'로 쓰고 발음할 때 강세를 주지만, 접속사로 사용될 때는 틸데 없이 그냥 'cuando'로 쓰고 강세 없이 발음하게 되는 것이다.

그런데 단음절의 경우 정관사로 사용되는 'el'과 그he라는 뜻의 'él', 그리고 영어의 'of'와 같은 역할을 주로 하는 'de'와 주다give의 접속법 현재 1, 3인칭 단수 형태인 'dé'처럼 사실상 발음 구별이 안 되는 경우에는 어쩔 수 없이 동음이의어가 탄생하게 되는 것이다.

② B/V 문제

스페인어에서는 영어와 달리 B, V를 모두 B로 발음한다.

따라서 hierba(풀, 잡초)와 hierva('끓다'라는 뜻의 hervir 동사의 변형) 또는 iba('가다'의 불완료 과거형)와 IVA('부가가치세'의 약자) 사이를 발음만으로는 구별할 수 없는 이른바 동음이의어가 만들어지는 것이다.

❸ 묵음 H의 문제

프랑스어와 마찬가지로 스페인어에서도 알파베토 'H'는 항상 발음되지 않는다. 따라서 철자 자체가 남아 있는 것은 옛 라틴어의 흔적이지만, 발음만을 놓고 본다면 현대 스페인어에서는 사실상 필요 없는 존재라고 할 수 있다. 어쨌든 이 때문에 hola(안녕)와 ola(파도), hacia(향해서)와 Asia(아시아) 같은 동음이의어가 생기게 되는 것이다.

❹ Y/LL 문제

스페인어에서는 L 자를 겹쳐서 쓴 '에예ᴸᴸ'라는 독특한 알파베토가 존재한다. 그런데 이 '에예'는 과거에는 다르게 발음되었지만, 현대 스페인어에서는 대부분 지역에서 'Y'와 동일하게 발음하고 있다.

이런 어법 현상을 전문적으로는 '예이스모yeísmo'라고 부르는데, 이 때문에 arroyo(개울)와 arrollo(arrollar 동사의 1인칭 변화) 또는 rayar(선을 긋다)와 rallar(치즈 등을 강판에 갈다) 등을 발음상으로는 구별할 수 없는 동음이의어 현상이 나타나게 된 것이다.

참고로 지금은 사실상 거의 사라졌지만 Y와 LL의 발음을 구별하는 현상을 'lleísmo'라고 부른다. 잘 알려진 로시니의 오페라 「El barbero de Sevilla」가 현대 발음으로는 「세비야의 이발사」가 되어야 하겠지만, 국내에서는 관습적으로 '세빌랴의 이발사'로 부르고 있는 것도 LL의 /ʎ/ 발음을 취한 옛 'lleísmo'에서 나온 것이다.

5 C/Z/S 문제

스페인식 스페인어(카스테야노·castellano)에서는 S를 영어의 S와 같이 발음하고, C와 Z는 영어의 'th'와 같이 발음한다. 이런 어법 현상을 전문 용어로는 'ceceo' 현상이라고 부른다. 그런데 스페인어에서는 모음과 결합할 때의 발음 규칙 때문에 C와 Z가 한 발음으로 나는 단어가 존재하지 않는다. 결국 스페인식 스페인어에서는 이 문제로 인한 동음이의어는 존재할 수 없다는 뜻이 된다.

반면 중남미의 모든 스페인어 국가들과 스페인의 카나리아 제도에서는 C/Z/S 모두를 영어의 S와 같이 발음한다. 이는 앞의 ceceo와 구별하여 'seseo' 현상이라고 부르는데, 이 때문에 casa(집)와 caza(사냥) 또는 ciento(일백)와 siento(나는 느낀다)를 구별할 수 없는 동음이의어가 발생하게 된다.

자, 어떤가! 없는 듯 있는 듯, 있는 듯 없는 듯, 스페인어에서의 동음이의어 세계가 참으로 알쏭달쏭하지 않은가?

명사에서 남녀를 따지다니

한 영어권 포털 사이트에 이런 질문이 올라왔다.

"스페인어에는 왜 명사에 남녀 성 구별이 있나요?"

한 사람이 재치 있게 다음과 같이 답글을 올렸다.

"스페인어를 포함한 프랑스어, 이탈리아어, 포르투갈어 같은 로맨스어 계열의 언어는 말할 것도 없고 독일어, 러시아어에도 명사에 성별이 있어요. 질문을 하려면 오히려 '영어에는 왜 명사에 남녀 구별이 없나요?'라고 묻는 것이 옳아요."

그러나 질문자와 마찬가지로 명사의 성별 구별이라는 개념이 없는 우리로서는 이런 의문이 당연해 보이는 것이 사실이다.

스페인어의 명사는 모두 남성과 여성 두 부류로 나누어진다. 먼저 자연적인 성을 가지는 단어의 남녀 구별은 알기도 쉽고, 그 누구도 의문을 제기할 수 없을 것이다. 이를테면 padre(아버지, 남성) / madre(어머니, 여성), yerno(사위, 남성) / nuera(며느리, 여성), león(수사자, 남성) / leona(암사자, 여성), caballo(수말, 남성) / yegua(암말, 여성) 같은 것들이 전형적인 예들이다.

문제는 자연적인 구분이 없는 무생물이나 추상적인 개념에까지 모두 성별을 정한다는 것이다. 이 중에서도 그나마 sol(태양, 남성) / luna(달, 여성), cielo(하늘, 남성) / tierra(땅, 여성), terror(공포, 남성) / caridad(자애, 여성)와 같은 단어들은 전통적 관념으로 이해할 수 있다. 그러나 collar(목걸이), maquillaje(화장), celo(질투)가 왜 남성형인지, oscuridad(어둠), guerra(전쟁), violencia(폭력)가 왜 여성형이 되어야 하는지는 이해 불가능의 영역이 아닐 수 없다.

이런 스페인어 명사의 남녀 구별은 오늘날 모든 인도·유럽 언어 계열의 조상이 되는 '인도·유럽 조(祖)어Proto-IndoEoropean'에서 시작되었다고 전해진다. 먼 옛날의 이 조상 언어에서는 모든 명사를 생물animate과 무생물inanimate로 나누었는데, 이런 분류 체계가 세월을 거치면서 로맨스어와 같이 남성, 여성으로 나누어지거나 독일어와 같이 남성, 여성, 중성의 3가지 성으로 나누어졌다는 것이다.

스페인어가 속해 있는 로맨스어 계열에서 남성, 여성 명사의 구별은 앞서 예를 든 대로 일단 자연적 성이 있는 경우는 그 성을 따르는 것이 원칙이다. 자연적으로 성이 구별되지 않는 단어들의 경우는 이른바 문법적인 성(스페인어로 género gramatical)을 정하게 된다.

그리고 그 구별 기준은 음운학적 phonology 또는 형태학적 관점 morphology이 될 수도 있고, 아니면 아예 임의로 정하게 된다.

그나마 다행인 것은 단어의 형태로 남녀 파악이 비교적 쉽게 된다는 것이다. 'o'로 끝나는 단어는 남성, 'a'로 끝나는 단어는 여성이라는 원칙이 바로 그것이다. 가령 tio(삼촌, 남성) / tia(숙모, 여성), dinero(돈, 남성) / tarjeta(카드, 여성), brazo(팔, 남성) / espalda(등, 여성) 등의 단어들에서 그 전형적인 예들을 볼 수 있다. 물론 여기에도 예외는 있다.

아무튼 스페인어에서 명사의 남녀 성별 구분은 이에 따라 형용사 등도 같이 변화하기 때문에 이런 개념이 전혀 없는 우리나라 사람들의 입장에서는 공부를 까다롭게 만드는 요소임이 틀림없다.

속지 말자, 거짓 친구

'거짓 친구false friend' 또는 '거짓 짝'이라는 어학 용어가 있다. 스페인 어로는 'falso amigo'라고 하는데, 다른 언어의 단어들이 형태와 소리 는 비슷하지만 그 의미는 서로 다른 경우를 일컫는다.

이런 거짓 짝은 두 단어의 어원은 같은데 점차적으로 의미가 분화 되어 결국 한 단어가 다른 뜻을 지니게 된 경우와, 우연히 발음이나 철 자가 같은 경우로 구분된다. 대부분의 경우 전자가 문제가 된다.

우리나라 사람들은 대개 영어를 먼저 배운 다음에 다른 외국어를 접하기 때문에, 영어 단어에 근거를 둔 추측이 실패하는 경우 여태까 지의 지식에 배신을 당한 느낌을 가질 수도 있다. 특히 서로 계통이 비 슷한 언어 사이에서 이런 거짓 짝이 많을 수 있기 때문에 각별한 주의가 필요하다.

그러면 스페인어와 영어 사이의 거짓 짝들에 대해 알아보기로 하자.

예를 들어 스페인어 단어 'decepcionado'를 처음 접하는 경우, 영어 어휘력이 탄탄한 사람이라면 자연스럽게 'deceived'를 떠올릴 것이다. 따라서 'Fui decepcionado'라는 문장은 '나는 사기를 당했다'는 뜻으로 유추하기 쉽다. 그러나 이 문장의 진짜 뜻은 '나는 실망했다I am disappointed'가 된다.

또 'Ellos contestan'이라는 스페인어 문장은 영어의 'contest'가 떠오르며 '그들은 경쟁한다'라고 해석하기 쉽지만, 실제로는 '그들은 대답한다'라는 의미가 된다.

이와 같은 거짓 짝의 예는 이외에도 무수히 많다. 약간의 예들을 추가하자면, 스페인어의 'suceso'는 영어의 'success'와 전혀 관계없는 'event'라는 뜻이다. 반면 영어의 'success'에 해당하는 스페인어 단어는 'éxito'가 된다. 그리고 이 'éxito'는 영어의 출구exit로 착각하기 쉬운데, 실제 스페인어 출구는 'salida'이다.

이쯤 되면 거짓 짝 현상은 꼬리에 꼬리를 물고 학습자들을 거의 짜증 나게 만들 정도에 이르게 된다.

이 밖에 스페인어 'ropa'는 영어의 'rope'가 아니라 'clothing'을, 스페인어 'sopa'는 영어의 'soap'이 아니라 'soup'를, 스페인어 'tuna'는 참치가 아니라 선인장의 한 종류를 가리킨다. 스페인어로 참치를 주문하고 싶으면 'tuna'가 아니라 'atún'이라고 해야 한다.

이런 거짓 짝들의 존재는 상당한 혼선을 불러일으키지만, 달리 생각하면 진정한 의미에서 여러 나라의 언어를 배우는 묘미를 더해준다.

우리나라 사람들처럼 영어를 먼저 배운 뒤 스페인어를 뒤늦게 접하는 경우 거짓 친구들에 속기 쉬운 것은, 실제 많은 경우 단어의 모양을 보고 추측을 하면 대개 들어맞기 때문이다. 즉, '진짜 친구들'이 훨씬 더 많다는 것이다. important/importante, silence/silencio, bank/banco, vitamin/vitamina, example/ejemplo, promote/promocionar 등 나열하기 힘들 정도다. 그러나 이런 손쉬운 성과에 힘입어 무심코 나아가다 보면 군데군데 놓여 있는 '거짓 친구'라는 덫에 대책 없이 걸리고 말게 된다.

스페인어에도
존댓말이 있다고?

서양 언어의 경우 우리는 항상 영어를 기준으로 삼게 된다. 그리고 영어에서는 의미 있는 존댓말 체계가 없다고 보는 것이 옳다.

물론 문장 끝에 'sir'나 'ma'am' 등을 붙이거나, 그냥 이름만 부르는 대신에 'Mr President'처럼 'Mr/Mrs' 또는 직함으로 부름으로써 어느 정도 존칭을 표시할 수는 있다. 또 의문문에서 'Could', 'Would'를 사용하여 공손한 태도를 나타낼 수도 있다. 그러나 더 이상의 존댓말 어법은 존재하지 않는다고 보는 것이 맞는다.

이 때문에 우리는 스페인어나 프랑스어에도 체계적인 존댓말lengua formal이 존재하지 않는다고 자동적으로 생각하기 쉽다.

그러나 스페인어나 프랑스어에도 비록 우리말과는 그 정도에서 차원이 다르지만 엄연히 존댓말 체계가 존재한다. 스페인어의 경우 다음의 예를 살펴보자.

흔히 사용되는 인사말에 '¿Cómo estás?'가 있다. 영어로 'How are you?' 정도에 해당하는 표현이다. 그런데 estás라는 동사 뒤에 's' 자 하나가 빠진 3인칭 형태의 '¿Cómo está?'라고 말하면, 바로 격식을 차려야 하는 상대방에게 사용하는 존댓말로 변하는 것이다.

말하자면 2인칭 표현을 사용하여 앞에 있는 상대방과 대화하면 우리말의 반말이 되는 것이고, 3인칭 표현을 사용하면 존댓말이 되는 것이다. 이런 존대법은 우리나라 말로는 이해하기 힘들다. 즉, '내일 너에게 전화할게'는 스페인어에서나 우리말에서나 똑같이 반말이지만, '내일 그에게 전화할게'는 스페인어에서는 상황에 따라 우리말과 같이 3인칭이 되기도 하고, 말하고 있는 상대방에 대한 존댓말이 되기도 한다는 것이다.

이런 스페인식의 독특한 존대법을 스페인어로 'USTEDEO'라고 부르고, 반말은 'TUTEO'라고 부른다. 'TUTEO'란 용어는 '너'를 가리키는 스페인어 'Tú'에서 나온 것이고, 'USTEDEO'는 존대 호칭인 'Usted'에서 파생된 것이다.

'Usted'는 원래 주인이나 높은 신분의 사람을 지칭하는 'Vuestra Merced(your grace)'에서 변형된 말이다. 14세기경까지 스페인어에서는 상대방을 가리킬 때 특별한 존칭이 없었다고 한다.

이 때문에 다양한 개인 간의 상하 관계를 한 호칭에 다 담는 것에 문제를 느낀 나머지 'Vuestra Merced'란 존칭이 등장하기 시작했다. 그리고 이 말이 14~16세기 여러 변형을 거치며 결국 Usted(단수)/Ustedes(복수) 형태만 살아남게 되었다. 그리고 이 Usted/Ustedes 존대법을 사용할 때 2인칭 동사를 직접 사용하지 않고 존경의 표시로 3인칭 동사로 마치 다른 사람을 가리키는 것처럼 에둘러 표현한 것이 오늘날 스페인식 존대 호칭의 유래가 된 것이다.

어쨌든 스페인 여행 중에 조금만 신경을 기울인다면 격식을 차려 대접해야 할 상대방이나 고객을 향해 Usted 어법을 사용하고 있는 것을 알 수 있다. 물론 개인 간의 관계에서는 선생님과 학생, 처음 보는 사람으로 나이 차이가 상당한 경우 등의 명백한 상황을 제외하고는 대부분 'TUTEO'가 훨씬 보편적인데, 이런 현상은 스페인에서 훨씬 더 심하다. 반면 라틴아메리카에서는 'USTEDEO'의 사용 비율이 더 높다.

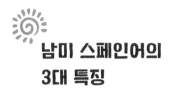

남미 스페인어의
3대 특징

오늘날의 스페인어는 스페인에서 사용되는 스페인어와 라틴아메리카에서 사용되는 스페인어로 크게 양분된다고 할 수 있다. 우선 양 지역 간의 사용 어휘에 차이가 존재하는 것은 어떻게 보면 당연한 일이라고 할 수 있다. zumo/jugo(주스), patata/papa(감자), automóvil/coche(자동차), móvil/celular(핸드폰), ordenador/Computadora(컴퓨터)처럼 상당한 차이가 있는 것을 알 수 있다(각각 앞이 스페인, 뒤쪽이 라틴아메리카의 어휘다). 그러나 전체 어휘를 볼 때 이 같은 경우는 결국 소수에 지나지 않고 약간의 상식만 있으면 쌍방 간의 상호 소통에는 큰 문제가 없는 경우가 대부분이다.

발음에 있어서도 당연히 차이가 있을 수밖에 없다. 우리나라같이 국토 면적이 넓지 않은 경우에도 지역에 따라 발음과 억양 차이가 상당히 존재하는데, 하물며 광대한 영역의 스페인어권에 있어서랴!

그런데 스페인과 라틴아메리카에서 사용하는 스페인어에는 이런 일반적인 차이 이외에도 다음과 같은 중요한 3가지 문법적 차이가 있다.

■ 복수 2인칭 호칭(vosotros)의 유무

스페인어의 2인칭에는 친근한 사이에서 사용하는 형태인 tú(단수), vosotros(복수)와 격식을 차려야 하는 사이에서 사용하는 형태인 usted(단수), ustedes(복수)의 4가지가 있다.

예를 들어 친구에게는 'Tú no debes fumar aquí(너 여기서 담배 피우면 안 돼)'라고 말할 수 있지만, 가게의 손님에게는 'Usted no debe fumar aquí(여기서 담배를 피우시면 안 됩니다)'라고 말해야 하는 것이다. 이는 모든 경우 'you'라는 단어 하나로 통용될 수 있는 영어 구사자의 입장에서는 번거롭게 여겨질 수 있다. 그러나 너, 너희들, 당신, 당신들, 여러분 같은 다양한 2인칭 호칭이 존재하는 우리나라 사람들에게는 오히려 익숙한 개념일 수 있다.

흥미로운 것은 라틴아메리카에는 이런 4가지의 2인칭 형태 중 복수의 경우 'vosotros' 형태가 완전히 사라지고 오로지 'ustedes' 하나로 사용되고 있다는 것이다. 학교에서도 'vosotros' 관련 공부는 스페인 여행을 계획하고 있는 사람들에게만 필요한 것으로 가르치고 있을 정도다.

여기에는 스페인의 초기 아메리카 진출 시, 원정대의 출신 지역 구성이 주된 이유로 거론되고 있다. 당시 아메리카 원정대의 출정 기지가 세비야였기 때문에 안달루시아 지역 사람들이 주를 이룰 수밖에 없었고, 바로 이 안달루시아 방언에서는 'vosotros' 형태가 생략되는 경우가 많았다는 것이다. 게다가 원정 항해 루트 중간에 카나리아 제도에 정박하여 인원과 물자를 보충하곤 했는데, 이곳의 방언 역시 안달루시아와 마찬가지로 'vosotros'를 거의 쓰지 않았다는 것이다.

그런데 주로 인터넷을 중심으로 재미있는 이론이 상당한 설득력을 가지고 소개되고 있다. 즉, 스페인이 아메리카에 진출하여 원주민들에게 스페인어를 가르칠 때, 스페인 원정대를 지칭할 때는 반드시 존칭어인 'usted', 'ustedes'만을 쓰도록 만들었다는 것이다. 이에 대한 증거 중 하나로 라틴아메리카의 벽지 일부에서는 아직까지 단수에서도 'tú'를 사용하지 않고 'usted'만을 사용한다는 것이다.

실제 오늘날의 일상적인 대화에서도 스페인에서는 웬만해서 'tú'를 사용하는 데 비해, 라틴아메리카에서는 가까운 사이가 아니면 'usted'를 광범위하게 사용하는 것을 볼 수 있다. 그나마 현재 단수 형태에서 'tú'와 'usted'가 구별되어 있는 것은 원주민들의 개인적인 만남에서의 'tú' 사용까지는 통제하지 못했기 때문이라는 이론도 있다.

스페인어 전공자도 아니고 언어학자는 더더욱 아닌 입장에서 정확한 진위를 판단할 수는 없지만 아무리 생각해도 무척 흥미로운 차이가 아닐 수 없다.

2 'seseo'와 'ceceo'의 차이

라틴아메리카 스페인어를 스페인의 스페인어와 구별 짓는 또 하나의 특징은 발음에 있어 'seseo' 발음법을 따른다는 것이다. 'seseo' 현상은 한마디로 'c'와 'z' 발음을 's' 발음과 똑같이 하는 음운 현상을 가리킨다.

참고로 스페인 본토에서는 'c'와 'z'를 'ceceo'(/θeθeo/) 현상이라고 불리는 방식, 즉 흔히 번데기 발음(/θ/)으로 알려진 윗니와 아랫니 사이에 가볍게 혀를 무는 느낌으로 발음한다. 즉, 영어의 'th'와 동일하게 발음하는 것이다.

이 때문에 라틴아메리카식 스페인어 발음으로는 결혼시키다casar와 사냥하다cazar 사이의 발음을 구별할 수가 없게 된다. 영어식으로 말하자면 'th'와 's'를 똑같이 발음하는 'seseo' 현상은 번데기 발음이 존재하는 스페인이나 영어권 사람들에게는 이상한 발음법이긴 하지만, 이런 발음에 익숙하지 않은 우리나라 사람들에게는 오히려 편리한 점이 될 수 있다.

이런 'seseo' 현상 역시 앞서 설명한 'vosotros'의 상실과 마찬가지로 초기 아메리카 진출자들의 인적 구성과 밀접한 관련이 있는 것으로 알려져 있다. 콩키스타도르 출신이 주축을 이루고 있던 안달루시아에서는 당시 'ceceo'식 발음을 무어인들과 연관된 하층민들의 발음법으로 폄하하여 잘 사용하지 않았기 때문에 그 영향이 아메리카 대륙에도 자연스럽게 미쳤다는 것이다.

또 하나 간과할 수 없는 해석 중 하나는, 당시 번데기 발음이 매우 생소했던 원주민이 보다 쉽게 스페인어를 배울 수 있게 하기 위해 그들에게 익숙한 발음을 하도록 내버려 두었다는 것이다. 우리나라 사람들도 처음 영어를 배울 때 'th' 발음을 매우 힘들어할 뿐 아니라 어느 정도 영어 실력이 향상된 이후에도 이 발음을 여전히 어색하게 생각하는 사람이 적지 않다는 것을 감안할 때, 이는 충분히 이해할 수 있는 상황으로 볼 수 있다.

어쨌든 오늘날 우리가 배우고 있는 스페인어의 발음에 있어서도 이런 역사적 배경이 자리 잡고 있다는 것은 매우 흥미로운 일이 아닐 수 없다.

❸ 현재완료 용법의 차이

스페인어에 있어 과거는 단순과거pretérito indefinido, 불완료과거pretérito imperfecto, 현재완료pretérito perfecto, 과거완료pretérito pluscuamperfecto의 4가지 시제가 있다. 영어에도 'have + p.p.'라고 불

리는 현재완료와 'had + p.p.'로 불리는 과거완료는 동일하게 존재하지만, 영어에는 하나로 존재하는 일반 과거형이 스페인어에는 단순과거와 불완료과거의 두 종류로 나누어지는 것이 큰 차이점이라 하겠다.

이 때문에 영어권 사람들도 스페인어를 배울 때 과거 시제의 정확한 사용에 다소간 어려움을 겪게 되는데, 과거 시제가 그렇게 세분되어 있지 않은 우리나라 사람들의 경우 더욱더 혼란스러울 수밖에 없다.

어쨌든 스페인어에서는 '대과거'라고도 불리는 과거완료가 '과거보다 더 과거'라는 개념으로 구별이 어느 정도는 뚜렷하지만, 나머지 단순과거, 불완료과거, 현재완료 사이의 구분 사용은 특히 초보 학습자들에게 상당한 혼선을 겪게 한다. 더구나 현재완료의 경우, 스페인과 라틴아메리카 사이에 그 사용법에 있어 결정적인 차이가 나기 때문에, 이를 미리 이해하지 못하면 스페인어의 진정한 이해에 큰 지장을 초래하게 된다.

원래 스페인어에서의 현재완료는 한국어로 바꾸어 말하면 '해왔다(지속)', '해본 적이 있다(경험)', 그리고 '최근에 했다'라는 3가지 의미를 가진다고 볼 수 있다. 여기서 첫 번째와 두 번째 용법은 이해가 어렵지 않지만, 세 번째 용법의 경우 약간의 추가 설명이 필요하다. 예를 들어 길에서 우연히 만난 친구에게 반가운 나머지 '근처 피자집에 가서 피자라도 먹으면서 이야기할까?'라고 말하자 친구가 'He comido mucho'라고 현재완료 형태로 답했다고 하자. 이런 경우 스페인에서라면 당연히 '나 지금 잔뜩 먹고 오는 길이야'라는 뜻이 된다. 그런데 라틴아메리카에서는 이런 현재완료의 용법이 없기 때문에 단순과거로 'Comí mucho'라고 말하게 된다. 같은 맥락으로 스페인에서는 'Recientemente, he viajado al extranjero(최근 해외여행을 했다)'라고 현재완료를 써야 할 표현을 라틴아메리카에서는 'Recientemente, viajé al extranjero'라고 단순과거로 표현하게 되는 것이다.

간단히 말하자면 라틴아메리카에서는 앞서 말한 현재완료의 3가지 의미 중 '최근에 했다'라는 용법은 완전히 사라지고, 지속과 경험의 의미만 남아 있다는 것이다. 그런데 사실 스페인어를 외국어로 학습하는 사람들, 특히 우리나라 사람들의 입장에서는 단순과거를 보다 많이 사용하고 현재완료의 용법을 제한하는 것이 과거 시제 사용을 보다 쉽게 만드는 측면이 있다는 것을 부인할 수는 없다.

이 때문에 라틴아메리카에서 현재완료의 '했다'라는 의미가 상실된 것 역시 바로 전에 언급한 'seseo'와 마찬가지로 현지 원주민들이 스페인어를 자기들 언어로 받아들이는 과정에서 과거 용법을 보다 사용하기 쉬운 쪽으로 변화시킨 것이 아니었겠나 하고 생각해본다.

꿀 떨어지는
스페인어 단어 10선

사랑과 사람의 자태에 관련된 긍정적인 표현은 어떤 언어에서든 아름답고 즐거울 수밖에 없다. '예쁘다', '귀엽다', '아름답다'라는 표현에 그 누가 미소를 짓지 않을 수 있을 것이며, '멋있다', '잘생겼다', '수려하다'라는 칭찬에 감히 싫은 표정을 지을 수 있겠는가?

이런 의미에서 우리 모두의 딱딱함을 한순간에 허물어뜨릴 수 있는 사랑스럽고 아름답고, 게다가 발음조차 매력적인 스페인어 10가지를 엄선하여 소개한다. 혹시 스페인어를 잘 모르는 분들도 스페인어권 국가를 여행할 때 다음 단어들을 말하는 순간 즉각 상대방의 미소를 불러일으킬 수 있다는 것을 흔쾌히 장담한다.

1 베요, 베야(bello/bella)

'아름답다', '사랑스럽다'라고 표현하고 싶을 때 가장 보편적인 단어다. 아름다운 사람, 아름다운 옷, 아름다운 관점, 아름다운 마음 등 폭넓게 사용될 수 있다. 영어로는 'beautiful'로 번역될 수 있다. '베요, 베야'는 남성형과 여성형의 차이인데, 앞으로 나오는 단어들도 모두 같은 원칙으로 변화한다.

2 보니토, 보니타(bonito/bonita)

앞서 언급한 bello/bella와 같이 보편적인 상황에서 사용될 수 있으나, 영어로는 'beautiful'보다는 'pretty' 또는 'nice'에 가까운 뜻이다. 한 가지 주의할 것은 이 단어가 명사로 사용될 때는 '가다랑어'라는 뜻이 된다.

3 구아포, 구아파(guapo/guapa)

영어로 'handsome'이란 뜻이다. 영어와 마찬가지로 주로 남자를 대상으로 사용되는데, 물건에는 쓰지 않는다. 앞서 말한 대로 bonito와 guapo 모두 남성형과 여성형을 가지고 있다. 그러나 일반적으로 여성은 bonita로, 남성은 guapo로 표현한다.

❹ 린도, 린다(lindo/linda)

라틴아메리카에서 bonito/bonita와 같은 의미로 사용되는 표현인데, 남성과 물건 모두에 폭넓게 사용된다. 남미의 유명한 막장 드라마인 「텔레노벨라Telenovela」를 보고 있으면, 한 회에 반드시 한 번 이상은 들을 수 있을 정도로 빈번하게 사용되는 단어다. 심지어 브라질에서 사용되는 포르투갈어에서도 똑같은 단어가 있다.

❺ 에르모소, 에르모사(hermoso/hermosa)

일반적인 의미로는 bello/bella와 비슷한 의미를 가지며, 사람과 사물 모두에 사용될 수 있는데 라틴아메리카에서는 '고귀하다noble'는 뜻으로 사용되기도 한다. 영어로는 'gorgeous'에 가까운 뜻이 된다.

❻ 아트락티보, 아트락티바(atractivo/atractiva)

영어 단어 'attractive'와 비슷한 뜻이다. 매력적이라는 의미이며, 사람과 사물 모두에 사용될 수 있다.

❼ 프레시오소, 프레시오사(precioso/preciosa)

영어로 'gorgeous' 또는 'lovely'라는 의미에 해당한다. 'precious'와 같이 '귀중하다'는 뜻도 가지고 있다.

8 리코, 리카(rico/rica)

부자라는 뜻 이외에 '음식이 맛있다'라는 의미도 같이 가지고 있는 잘 알려진 단어다. 사람과 관련해서는 영어로 'cute' 또는 'sexy'라는 뜻을 추가로 가지고 있다.

9 모노, 모나(mono/mona)

아이나 작은 물건이 '귀엽다'거나 '예쁘다'는 뜻으로 사용된다. 영어로는 'pretty' 또는 'cute'에 해당한다.

10 섹시(sexy/sexi)

영어에서 차용된 단어로 같은 뜻이다. 차용어이기 때문에 남성형, 여성형이 따로 없다. 영어 그대로 'sexy'라고 쓰기도 하고 약간 스페인어풍으로 바꾸어 'sexi'로 사용하기도 한다.

한국인에게 친숙한
스페인어

과거 우리나라와 스페인의 인연은 거의 전무했다고 볼 수 있다. 이른바 유럽의 '대항해 시대'에도 스페인과 포르투갈 사이의 '토르데시야스 조약'의 결과로 동북아시아 지역의 해상 진출권은 포르투갈에 있었고, 스페인은 아메리카 대륙으로의 진출에 여념이 없었다. 근대에 들어서도 미국, 영국, 프랑스와 같은 국가들에 비해 경제적, 문화적 영향력이 상대적으로 뒤처져 지역적으로 멀리 떨어진 우리나라와는 특별한 교류의 계기가 없었다.

그렇지만 최근 들어서는 인터넷을 비롯한 각종 소통 수단의 발달과 해외여행 자유화의 여파로 스페인과 스페인어에 대한 관심이 폭발적으로 증가하고 있다.

그런데 과거 오랫동안의 교류 부재로 인해 정작 우리의 생활 속에 스며들어 있는 스페인어의 흔적을 찾기란 매우 어려운 일이다. 이런 의미에서 단편적이나마 우리 삶 속에 연결되어 있는 스페인어를 찾아 정리해보는 것은 그 자체로 의미가 있을 것으로 생각된다.

🔳 베사메 무초

「베사메 무초Bésame Mucho」는 멕시코 가요로 우리나라에서는 일찍이 1948년에 지금은 고인이 된 가수 현인이 번안곡으로 불러 크게 히트를 한 노래다. 스페인어로 된 노래로서는 우리나라에 드물게 알려진 것 중 하나다. 지금은 인터넷의 발달로 정보 검색이 용이해져 이 노래의 제목인 베사메 무초가 무슨 뜻인지 아는 사람이 많지만 이전에는 아래 번안 가사의 내용대로 베사메 무초가 어여쁜 아가씨 이름인 줄 알고 있었던 사람이 대부분이었다.

베사메 무초야 리라꽃같이 귀여운 아가씨
(중략)
베사메 무초야 십자성같이 어여쁜 아가씨

이 글을 읽고 있는 독자분들 중에서 혹시 아직까지 베사메 무초를 아가씨 이름으로 알고 계신 분이 있을는지!?

② 라 쿠카라차

「라 쿠카라차La cucaracha」 역시 멕시코의 민요로 경쾌한 멜로디 덕분에 우리나라에서도 널리 사랑받고 있는 노래다. 특히 '라 쿠카라차, 라 쿠카라차'로 이어지는 소절은 리듬이 좋아 어릴 때 신나게 따라 불렀던 기억이 지금도 생생하다.

그런데 라 쿠카라차는 과연 무슨 뜻일까? 이미 알고 있으면 싱거운 질문이지만, 만일 모르고 있다면 역대급 반전이 될 수 있다. 인터넷 검색을 하면 뜻뿐만 아니라 그런 노래 제목이 붙게 된 유래에 대해서도 자세히 설명되어 있으니 모르고 있었던 사람은 이 기회에 지식의 변연을 확대할 기회를 가지시기를.

③ 호돌이, 오도리, 조도리

1988년 우리나라에서 올림픽이 개최되었다. 지금의 20대까지는 태어나기도 전의 일이라 아예 기억조차 없겠지만, 당시 우리나라로서는 단군 이래 처음 맞이하는 세계적인 행사라 전 국민의 관심이 집중될 수밖에 없었다. 개최 4년 전부터 시작된 마스코트 선정에도 국민들의 각별한 관심이 모아졌다. 그렇게 탄생한 것이 바로 상모를 돌리는 귀여운 아기 호랑이 형상을 하고 있는 '호돌이'다.

그런데 마스코트의 이름을 'Hodori'라고 정하고 나니 뜻밖의 문제점이 발생하였다. 많은 스페인어권 국가들과 프랑스어권 국가들에서 이를 '오도리'라고 부르는 것이었다. 스페인어와 프랑스어에서는 'h'가 항상 묵음인 것을 미처 간과하지 못했던 것이다.

누군가가 대안으로 내놓은 'Jodori'도 문제가 있기는 마찬가지였다. 스페인어권에서는 다행히 호돌이라고 부르게 되지만 이번에는 영어권 국가들과 심지어 프랑스어권 국가들에서조차 '조도리'라고 발음을 하는 것이다.

골머리를 앓던 관련 위원회에서는 결국 원안 그대로 밀고 나가기로 결정하게 된다. 이 웃지 못할 에피소드는 당시 신문에도 소개되어 지금까지 외국어에 관련된 즐거운 기억으로 남아 있다.

❹ 아반테, 산타페

우리나라 자동차 이름에도 많지는 않지만 스페인어가 사용되고 있다. 아반테avante는 '앞으로'라는 뜻을 가진 부사로 '전진'이라는 의미를 함축하고 있다고 보면 된다.

샌타페이Santa Fe는 미국 뉴멕시코주의 도시 이름이기도 하지만, 스페인어 산타페santa fe로는 '성스러운 믿음'이란 뜻이다. 정확하게는 '산타페'라고 해야 하는데 '싼타페'라고 한 것은 과거 영화 제목 중에 「반창꼬」를 떠올리게 하는 명명법이라 하겠다.

🄵 쾌걸 조로, 소로

『쾌걸 조로Zorro』는 미국 작가 존스턴 매컬리가 1919년에 쓴 소설로, 전 세계적으로 많은 사랑을 받아 애니메이션, 영화, TV 드라마로 만들어졌다. 1998년에 만들어진 안토니오 반데라스 주연의 영화 「마스크 오브 조로」도 그중 하나다. 그런데 영화에서 민중들이 조로를 향해 열광적으로 '소로, 소로'라고 외치는 장면이 있다. 조로가 아니라 뜬금없이 소로라니?

이유는 간단하다. Zorro의 스페인식 발음이 소로이고, 당시 민중은 멕시코 사람들이었으니 당연히 소로라고 발음하는 것이다. 참고로 소로zorro는 스페인어로 여우라는 뜻이다. 덧붙여서 우리나라에도 잘 알려진 의류 브랜드 자라ZARA도 사실은 스페인 기업이기 때문에 '사라'라고 부르는 것이 보다 정확할 것이다.

🄶 엘니뇨

일종의 기상 현상인데 우리나라에서도 각종 매체의 보도로 인해 그 이름이 널리 알려져 있다. 구체적으로는 크리스마스 즈음해서 페루와 칠레 근해, 즉 동태평양 수역의 바닷물 온도가 비정상적으로 높아져 세계 각지에 연쇄적으로 기상학적 변화를 초래하게 되는 현상을 말한다. 발생하는 시기가 크리스마스와 연관되어 있어 아기 예수를 뜻하는 엘니뇨(el Niño, 본뜻은 어린아이)로 명명되었다.

관련된 용어로 엘니뇨와 반대의 현상을 뜻하는 '어린 여자 아기', 즉 라니냐(la Niña)가 있다.

Chapter 4

페루가 궁금해

남미에서 브라질만 포르투갈어를 사용하는 이유

1492년은 세계 역사상 기념비적인 해였다. 우선, 당시 이베리아반도의 양대 기독교 세력이었던 카스티야 왕국의 이사벨 1세 여왕과 아라곤 왕국의 페르난도 2세의 결혼으로 통일국가가 탄생하면서 이베리아반도에서 이슬람 세력을 완전히 몰아내는 레콩키스타Reconquista를 완성하게 된다. 그리고 이어서 이사벨 1세 여왕의 후원을 받게 된 콜럼버스가 아메리카 대륙을 발견한다.

그러나 콜럼버스의 신세계 발견이 스페인에 아메리카 대륙에 대한 모든 합법적인 권리를 자동으로 보장해주는 것은 아니었다. 누구나 객관적으로 인정할 만한 계약 같은 것이 애초에 있을 수가 없기 때문이었다.

이 때문에 대망의 신대륙 발견 후 스페인으로의 귀국 항해 길에 포르투갈의 리스본에 들른 콜럼버스는 당장 포르투갈 국왕의 볼멘소리를 듣게 된다. 콜럼버스의 항해는 1479년에 스페인과 포르투갈 사이에 맺은 알카소바스 협정에 위반된다는 것이었다.

알카소바스 협정이란 과거 카스티야 왕국의 왕위 계승을 둘러싼 양국 간 전쟁의 결과, 이사벨 여왕의 왕위 계승권을 인정하고 카나리아 제도를 스페인 영토로 하는 대신에 포르투갈은 카나리아 제도 남쪽 대서양 지역의 모든 항행권을 갖는다는 요지의 조약이었다.

결국 알카소바스 협정에 근거한 포르투갈 국왕의 강력한 항의에 난처해진 스페인 왕실은 교황에게 도움을 요청하였다. 당시 스페인과 포르투갈은 모두 독실한 가톨릭 국가로서 교황의 권위가 크게 영향을 미치는 상태였기 때문이었다.

문제는 교황 알렉산데르 6세가 당시 아라곤 왕국의 발렌시아 출신인 친스페인계 인사라는 점이었다. 결국 교황은 1493년, 당시 유럽 영향권의 가장 남쪽에 있던 아프리카 서쪽의 섬인 카보베르데(현재 포르투갈어를 사용하고 있는 작은 섬나라)에서 서쪽으로 약 520킬로미터 지점에 임의의 경계선을 정한 뒤, 이 경계선 서쪽에서 새롭게 발견되는 모든 땅은 스페인령으로, 동쪽의 새로운 땅은 포르투갈령으로 인정한다는 칙령을 발표하였다.

그런데 이를 받아들이게 되면 아메리카 대륙 전체에 대한 진출권

상실과 함께 아프리카를 통한 인도로의 항해에도 상당한 문제를 안게 되는 포르투갈은 즉각 불만을 표시하였다. 그러나 교황은 의사를 굽히지 않았고, 결국 포르투갈은 스페인과 직접적인 외교 접촉을 시도하게 된다.

그 결과 탄생한 것이 바로 1494년 6월 4일 스페인의 '토르데시야스'라는 마을에서 체결된 '토르데시야스 조약'이었다. 그 결과 경계선이 카보베르데를 기준으로 서쪽 약 1890킬로미터 지점으로 대폭 이동하게 되었고, 결국 오늘날의 브라질이 포르투갈어 사용 국가가 되는 단초가 된다.

오늘날의 시각으로 보면 당시 협상은 객관적으로 포르투갈에 유리한 쪽으로 진행되었다. 하지만 지리적 정밀성이 부족했던 당시로서는 서로가 자기들에게 유리한 협상이었다고 생각하였다. 그리고 이로부터 얼마 후인 1500년, '카브랄'이 이끄는 인도행 포르투갈 원정대에 의해 브라질 영토가 발견되었다.

훗날 이 발견에 대해서도 말이 많다. 포르투갈이 토르데시야스 조약 당시 이미 남미 대륙 오른쪽으로 툭 불거져 나온 브라질의 지리적 존재를 알고 있었는데, 마치 1500년 우연히 발견한 것처럼 연극을 한 것이라는 문제 제기가 있다.

어쨌든 토르데시야스 조약이야말로 오늘날 남미 대부분이 스페인어를 사용하는 데 반해 브라질만 포르투갈어를 사용하는 결정적 계기가 되었다. 참고로 조약이 맺어진 1494년은 우리나라로서는 연산군이 왕위에 오른 해다.

중남미는 원래 4개의 국가였다?

오늘날 스페인어는 본국인 스페인과 아프리카의 소국 적도기니 이외에 중남미 19개 국가에서 공식 언어로 사용되고 있다. 콜럼버스의 후속 항해를 포함하여 에르난 코르테스의 아스테카 왕국 정복(1521년), 프란시스코 피사로의 잉카 제국 정복(1532년) 등 질풍 같은 스페인 콩키스타도르(conquistador·정복자)의 침략과 야심의 결과였다.

자신들의 국토보다 수십 배나 큰 영토를 갑자기 확보하게 된 스페인 왕실로서는 당연히 그 땅의 효과적인 운영에 고심하게 되었다. 물론 초기에는 콩키스타도르에게 관리를 일임할 수밖에 없었다. 본국에서 워낙 멀리 떨어져 있어 현지 상황에 대해 구체적으로 알 방법이 없었기 때문이다. 게다가 당시 스페인은 프랑스와 오스만튀르크와의 전쟁,

그리고 유럽 전역을 휩쓴 종교개혁의 소용돌이 속에서 정신이 없었다.

그러나 모든 상황이 차츰 안정을 찾게 되자 명실공히 해가 지지 않는 해양 제국의 창시자인 스페인 국왕 카를 5세는 아메리카 대륙의 자국 영토에 보다 적극적인 관심을 가지기 시작하였다. 그렇게 해서 탄생한 것이 이른바 왕의 대리인, 즉 부왕Virrey 을 현지에 보내 지역을 통치하게 하는 '부왕령Virreinato 제도'였다.

스페인령 아메리카 대륙에서 처음 만들어진 부왕령은 1535년 멕시코시티를 수도로 설립된 '누에바 에스파냐 부왕령Virreinato de Nueva España'이었다. 이 부왕령은 지금의 파나마를 경계로 그 북쪽의 영토를 총괄 관리하는 역할을 담당하였다. 여기에는 당시 스페인 영토였던 필리핀까지 포함되어 있었다. 이어서 1542년에는 리마를 수도로 한 '페루 부왕령Virreinato de Perú'이 생겼다.

이 두 부왕령은 그 후 200년 가까이 스페인의 아메리카 경영의 중심 기지가 되었다. 스페인 왕실에서 파견되었다고는 하지만, 부왕령이 스페인 본국에서 워낙 멀리 떨어져 있었던 까닭에 부왕들은 현지에서는 왕과 다름이 없는 지위와 권력을 누리고 있었다. 부왕령은 마치 하나의 국가와도 같았다.

시간이 흐르면서 더 많은 지역이 발견되고 개척됨에 따라 광대한 남미 지역의 관리를 보다 세분화할 필요가 생겼다. 이렇게 해서 1717년 지금의 콜롬비아 보고타에 수도를 둔 '누에바 그라나다 부왕령Virreinato de Nueva Granada'과 1776년 부에노스아이레스에 수도를 둔 '리오 데 라 플라타 부왕령Virreinato de Río de la Plata'이 페루 부왕령에서 각각 분리되어 만들어졌다.

결국 당시 스페인의 중남미는 4개의 부왕령, 즉 4개의 국가로 나누어져 있던 셈이 된다.

이 부왕령들은 1810년 '리오 데 라 플라타 부왕령'의 폐지를 시작으로 1819년 '누에바 그라나다 부왕령', 1821년 '누에바 에스파냐 부왕령', 그리고 마지막으로 1824년 '페루 부왕령'의 해체를 끝으로 역사의 뒤안길로 사라지게 된다. 스페인 세력의 쇠퇴 결과였다.

참고로 리오 데 라 플라타 부왕령에서 오늘날의 아르헨티나, 우루과이, 파라과이, 볼리비아가 만들어지고, 누에바 그라나다 부왕령에서는 오늘날의 콜롬비아, 베네수엘라, 에콰도르, 파나마가 탄생하게 된다. 그리고 페루 부왕령에서는 페루와 칠레가, 마지막으로 누에바 에스파냐 부왕령에서 멕시코, 과테말라, 온두라스, 엘살바도르, 코스타리카, 쿠바, 도미니카 공화국, 푸에르토리코 등이 생기게 되었다.

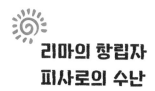

리마의 창립자
피사로의 수난

리마의 역사지구는 1535년 피사로(1475?~1541)가 이끈 스페인 정복자들에 의해 조성된 곳으로, 리마시의 첫 태동 모습을 그대로 간직하고 있다. 그런데 역사지구 중 대광장의 북쪽으로 외진 곳에 '무라야'라고 불리는 작은 공원이 있다. 관광객들의 발길도 뜸한 곳이다.

'무라야muralla'는 스페인어로 성벽이란 뜻이다. 17세기경 이 부근 공사 중 우연히 옛 성벽이 발견되었는데, 유적 보존을 겸해서 아예 공원으로 조성한 곳이다. 그런데 공원 주차장 옆 구석진 곳에 주위 배경과는 전혀 어울리지 않는 장엄한 청동 기마상이 하나 서 있다. 바로 그 유명한 잉카의 정복자이자 페루의 수도 리마의 창립자인 프란시스코 피사로의 동상이다. 제대로 된 기단도 없고 특별한 표지판도 없는 상태

무라야 공원의 피사로 동상

로 그의 동상은 왜 일견에도 전혀 격이 맞아 보이지 않는 이 장소에 서
있는 것일까?

　이 동상은 미국의 유명 조각가 램지(Charles Cary Ramsey·1879~1922)
가 1915년 샌프란시스코에서 열린 파나마·태평양 국제 박람회 전시용
으로 만든 것이다. 전시 후 복제품을 더 만들어 현재 모두 세 작품이 남
아 있는데, 하나는 작가의 활동 무대였던 미국 뉴욕주 버펄로에 있고
다른 하나는 피사로의 고향인 스페인 트루히요에 있다고 한다. 그리고
마지막 하나가 바로 무라야 공원에 있는 것이다. 그런데 피사로 동상이

이곳에 오기까지에는 상당한 우여곡절이 있었다.

이 동상은 램지의 사후 그의 아내가 리마시에 기증한 것으로, 처음에는 리마시 창건 400주년을 기념해 1935년 1월 18일 리마 대성당 앞 장엄한 축대 위에 설치됐다. 피사로는 1535년 1월 8일 리마의 첫 주춧돌을 놓았고, 대성당 안에는 피사로의 유해가 안치되어 있으니 당시에는 안성맞춤의 장소로 생각되었다.

분위기도 좋았다. 피사로를 리마의 창립자이자 미개한 잉카에 문명을 전파한 사람으로서 영웅시하는 분위기였다. 이런 분위기는 1928년부터 리마 대성당 안 피사로의 예배소에 걸려 있는 유명한 모자이크에도 잘 드러나 있다.

그런데 리마 교구 측에서 불만을 제기하기 시작했다. 성당 문을 나서자마자 피사로가 타고 있는 말의 엉덩이가 보이는 것에 대해 일종의 신성모독이라는 지적이었다. 교구의 지속적인 문제 제기를 무시할 수 없었던 리마시는 어쩔 수 없이 1952년, 성당에서 얼마 떨어지지 않은 아르마스 광장 한쪽에 작은 광장을 조성해 피사로의 동상을 옮겼다.

그런데 1990년대 후반, 건축학 교수인 아구르토Santiago Agurto Calvo라는 사람이 "피사로는 영웅이 아니라 원주민 학살의 범죄자이자 잉카 문화의 약탈자"라고 맹비난하고 나섰다. 아구르토는 피사로의 동상이 리마의 중심 광장에 있어서는 절대 안 된다면서 캠페인을 벌이고 여론을 만들어가기 시작했다. 아구르토 자신도 스페인 정복자의 후손이었지만, 강경 자세를 조금도 누그러뜨리지 않았다.

일이 더욱 꼬이게 된 것은 아구르토의 오랜 지인이자 그의 견해에 평소 동의하고 있던 인물(Luis Castaneda Lossio)이 리마 시장에 당선된 것이었다. 결국 2003년 4월 28일 새벽, 피사로의 동상은 두 번째 철거를 당하는 신세가 됐다. 물론 반대 소리도 있었다. 페루의 유명한 소설가 바르가스는 "나치와 같은 극단적인 편 가르기 발상"이라고 비난을 숨기지 않았다.

철거된 피사로의 동상은 시 창고에 방치돼 있다가 무라야 공원이 새롭게 만들어지면서 한구석에 겨우 세워지게 됐다. 과거와는 달리 웅장한 받침대를 없애고 콘크리트 위에 세워놓은 데다 어떤 설명문도 붙어 있지 않아 초라하게까지 보인다.

그렇지 않아도 반대 세력에 의해 처참한 최후를 맞이했던 피사로가 만일 저세상에서 이 모습을 본다면 과연 어떤 생각이 들까?

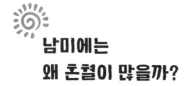

남미에는
왜 혼혈이 많을까?

1492년 콜럼버스의 아메리카 대륙 발견 후 스페인을 필두로 포르투갈, 영국, 프랑스 등의 유럽 열강들이 경쟁적으로 식민지 경영에 뛰어들었다. 그 결과 오늘날 아메리카 대륙에는 중남미의 많은 스페인어권 국가들, 미국과 캐나다라는 영어권 국가, 브라질이라는 포르투갈어 국가, 그리고 비록 국가를 이루지는 못하고 있지만 캐나다 퀘벡주 및 남미 프랑스령 기아나의 프랑스어권 지역이 존재하게 되었다. 남미의 소국 수리남이 네덜란드어권이긴 하지만 그 영향력은 아주 미미하다고 할 수 있다.

그런데 이런 열강들의 신대륙 침략과 관련하여 역사에 어느 정도 관심이 있는 사람이라면 종종 떠올리는 의문이 하나 있다.

'스페인과 포르투갈 지배 지역에는 원주민과의 혼혈이 많은데, 영국과 프랑스 지배 지역에는 왜 혼혈이 적은가?' 하는 것이다.

혹자는 반농담조로 스페인 사람들의 약간은 무절제하면서도 열정적이고 저돌적인 성격이 한몫을 했을 것이라고 이야기한다. 과연 그럴까? 그 답을 찾아서 스페인과 영국을 대표적인 예로 삼아 구체적으로 살펴보기로 하자.

■ 목적의 차이

스페인은 아메리카 대륙에 진출하면서 가장 큰 목적을 '식민지의 스페인화'에 두었다. 스페인 정복자들의 눈에는 신대륙이 아프리카에 비해 말라리아 같은 질병도 없고 자연환경도 나무랄 데가 없는 최적의 땅으로 보였기 때문이었다. 자연스럽게 현지인과의 접촉이 이루어질 수밖에 없었다.

반면 영국의 경우는 사업적인 측면에서 식민지 경영에 접근했다고 볼 수 있다. 즉, 아메리카 대륙에서의 우선 목적은 최대한 경제적 이익을 얻는 것이었다. 그래서 원주민에 대해서는 분리 정책이 주를 이루었고, 따라서 남녀 사이의 접촉도 최소화될 수밖에 없었다.

■ 지역의 차이

당시 스페인 점령 지역은 신대륙의 인구 밀집 지역이었다. 잉카, 마야, 아스테카 등 왕국을 이룰 정도의 인구를 가진 국가들이 존재하고 있었던 것이다. 이 때문에 정복자들과의 접촉 확률이 당연히 높을 수밖에 없었다.

스페인 정복자들이 가지고 온 천연두 등의 전염병 때문에 당시 7000만~8000만 명으로 추산되던 신대륙의 인구 중 90퍼센트 정도가 약 100년에 걸쳐 사망한 것으로 알려져 있지만, 이 지역들에서는 워낙 기본 인구가 많았기 때문에 다수의 혼혈이 만들어지는 대세를 거스를 수는 없었다.

이에 비해 영국 점령 지역의 원주민들은 대부분 인류학적 용어로 수렵·채집인hunter-gatherer 들이었다. 숫자도 상대적으로 적었고, 정착 생활을 하지 않았기 때문에 그만큼 정복자들과의 자연스러운 접촉에 거리가 생길 수밖에 없었다.

🖪 시기의 차이

스페인 사람들이 아메리카 대륙에 진출하던 당시의 여정은 매우 위험하고 불확실한 요소가 많았다. 따라서 원정대는 남성으로만 이루어질 수밖에 없었고, 이런 남녀 성비의 완전한 불균형은 필연적으로 현지에서의 원주민 접촉을 낳을 수밖에 없었다.

영국의 경우에는 상황이 많이 달랐다. 영국인들은 스페인보다 약 1세기 늦게 본격적으로 신대륙에 발을 디뎠는데, 이때는 항행 기술이 상당히 자리를 잡고 있었다. 따라서 영국의 이주자들 상당수는 본국 여자들과 동반해 아메리카 대륙에 갈 수 있었다.

🔢 문화의 차이

스페인은 로마의 영향을 오롯이 받은 전형적인 라틴 국가다. 이 때문에 과거 로마 제국의 점령 지역에 대한 관용 정책이 사람들의 정신세계에 스며들어 있었다고 볼 수 있다. 즉, 같은 종교를 믿고 같은 왕을 섬기는 한, 현지 여자를 취하고 아이를 낳는 데에 큰 거부감을 가지고 있지 않았다고 볼 수 있다. 또 이런 이유 때문에라도 원주민들에게 끊임없이 가톨릭으로의 개종과 스페인 왕에 대한 복종을 강요하게 된다.

이에 반해 영국은 사회, 역사, 문화적으로 남미 신대륙 원주민과 같은 이민족을 받아들이는 데 상당히 거부감을 가지고 있었다. 실제 당시 영국에서는 스페인 사람들이 점령지에서 혼혈아를 양산하는 것에 대해 비윤리적, 반종교적인 행위라고 크게 비난하고 있다는 기록들이 전해진다. 그리고 프랑스의 경우 같은 라틴 국가라고는 하나 스페인과는 달리 게르만 민족과의 융합이 많이 이루어져 있어 문화가 많이 달랐다고 볼 수 있다.

왜 아르마스 광장인가?

스페인은 유럽 국가 중에서 이슬람과의 관계에서 가장 독특한 위치에 있다고 볼 수 있다. 서기 711년 북아프리카의 이슬람 왕국인 우마이야 왕조가 처음 이베리아반도를 침공한 이후 1492년까지 거의 800년 가까이 이슬람 세력의 영향권에 있었기 때문이다.

그런데 당시 이슬람군이 스페인의 도시를 차례차례 점령해나가는 과정에서 매우 의아하게 생각한 부분이 있었다고 한다. 이슬람의 전통 도시들은 적군의 침입에 효율적으로 방어하기 위해 좁은 골목들로 이루어져 있었는데, 스페인의 도시들은 중앙에 위치한 사통팔달의 넓은 광장을 중심으로 만들어져 있었기 때문이다. 당시 이슬람군은 그런 도시 구조로는 밀려드는 적군의 침입에 속수무책이라고 잘못 생각했던 것이다.

그런데 이런 식의 도시 광장은 스페인에 국한된 것이 아니고 유럽 전역에서 볼 수 있는 것이다. 이는 과거 로마 시대의 병영 요새인 카스트룸castrum에서 비롯된 것으로, 체계적인 병력 운용과 효과적인 공방전을 위해 고안되었다. 그리고 그 효율성은 이미 오랜 역사를 통해 증명되고 있다.

이런 도시 계획에 관한 기본적인 콘셉트는 16세기 초 아메리카 대륙을 본격적으로 점령해나가기 시작한 스페인 정복자들에게도 예외가 될 수 없었다. 그들은 기존의 원주민 도시들을 재건할 때도, 완전히 새로운 도시를 만들 때도 반드시 도시 중심에 넓은 광장을 만들었다. 그리고 광장 주위에는 정치, 문화, 행정적으로 중요한 건물들을 배치하였다. 특히 당시 원주민의 기습 공격 등에 대비하기 위한 고려도 빼놓을 수 없었다. 군대의 대규모 훈련이나 출정 때 퍼레이드 장소로 썼고, 광장 한편에는 무기고를 배치하기도 했다. 유사시에 최종 방어 장소로 활용할 계획이었다.

이 때문에 광장의 이름은 자연스럽게 아르마스 광장Plaza de Armas이 되었는데, 글자 그대로 무기 광장weapon square으로서의 그 목적을 잘 설명해주고 있다.

오늘날 중남미의 웬만한 도시에는 아르마스 광장이라는 같은 이름의 광장들이 있는데, 바로 이런 역사적 배경이 자리 잡고 있는 것이다.

그리고 가끔 아르마스 광장을 마요르 광장(Plaza Mayor·대광장)이라고 부르기도 하는데, 아르마스 광장의 의미가 퇴색된 요즈음 그렇게 부르는 것이 보다 합리적이라고 생각한 데서 나온 명명법이다. 물론 일부 도시에서는 마요르 광장과 아르마스 광장이 따로 있는 경우도 있다.

푸른색 바다와
초록의 도시, 리마

리마는 남미 국가의 수도로는 유일하게 태평양을 끼고 있는 도시다. 그
중에서도 신시가지인 미라플로레스구의 주변 해안 지역은 검은 암석의
긴 절벽 위에 조성된 특이한 지형을 하고 있다.

리마의 태평양 해변은 흔히 초록 해변costa verde, green coast으로 불
리는데, 세계적인 서핑의 명소로 잘 알려져 있다. 해안을 따라서 산책로
와 자전거 도로가 잘 조성되어 있는데 미라플로레스를 중심으로 북쪽
으로는 산이시드로구와 마그달레나구까지, 남쪽으로는 바랑코구와 초
리요스구까지 연결된다. 중간중간에 공원과 운동시설도 만들어져 있
고 백사장이 있는 부분도 있다. 사철 상쾌한 바닷바람과 함께할 수 있
는 이 절경의 산책로는 시내에서 불과 10분 이내에 다가갈 수 있을 정

리마의 태평양 해변

도로 접근성도 좋아 리마의 자랑스러운 매력이 되고 있다.

바다에 연해서 운치 있는 해안 산책로가 있다면, 바다 옆 절벽 위에는 아름답기 그지없는 말레콘Malecón 공원 산책로가 방문객을 기다리고 있다. 외국 관광객들에게 잘 알려진 '사랑의 공원'을 기준으로 생각하면, 산이시드로구와의 접경인 우정의 다리까지가 북쪽 산책로이고, 남쪽의 바랑코구로 가는 길이 남쪽 산책로가 된다.

말레콘 공원 산책로는 기본적으로 여러 개의 크고 작은 개성 있는 공원들이 이어져 있는 구조로 생각하면 된다. 이 공원들과 산책로의 아름다움이야말로 세계 어느 곳에 내어놓아도 손색이 없다. 특히 이곳에는 패러글라이딩을 즐길 수 있는 시설도 있는데, 관광객들이 하늘에서 리마를 볼 수 있는 체험 기회를 제공하고 있다.

그리고 말레콘 공원에는 모두 세 군데에서 마치 천국으로 가는 계단처럼 해안으로 내려가는 통로가 아름답게 펼쳐져 있다.

말레콘 공원 산책로

　리마, 특히 미라플로레스구 지역에는 크고 작은 공원들이 밀집해 있다. 대외적으로 잘 알려진 '케네디 공원', '사랑의 공원'을 포함해 '말레콘 공원'은 말할 것도 없고, 그 외에도 나름대로 매력을 뽐내는 아름다운 공원들이 즐비하다.

　그중 '올리바르 공원Parque Olivar'은 도심을 관통하는 거대한 간선도로인 아레키파 도로에서 불과 5분 정도만 걸어 들어가면 만날 수 있는데, 그야말로 국립공원에 와 있는 것 같은 착각이 들 정도의 분위기를 제공해준다.

　공원 이름은 '올리브 나무공원'이라는 뜻인데, 과거 스페인 식민

시절부터 있던 올리브나무밭을 바탕으로 조성되었다. 공원에는 모두 1500그루 정도의 올리브나무가 있는데, 그중 상당수는 수령이 300년이 넘는다. 산책로도 잘 조성이 되어 있고, 물고기들이 여유작작 헤엄치고 있는 작은 호수까지 있다. 각종 새들이 지저귀는 소리는 주위 분위기를 한껏 평온하게 만든다.

이 밖에도 미라플로레스구의 동쪽으로 인접한 수르코구의 '우정의 공원Parque de la Amistad'이나 '한숨의 다리El Puente de los Suspiros'로 유명한 남쪽 바랑코구의 시립공원도 유명하다.

한숨의 다리는 1876년 광장 쪽 길과 반대쪽 에르미타스 예배당 사이를 흐르는 개울을 건너기 위해 처음 지어진 목조 다리다. 그 후 1881년 칠레와의 태평양 전쟁 때 파괴되었다가 2년 후인 1883년에 복원되었다.

'suspiro'라는 명칭을 가진 다리가 전 세계에 몇 군데 있는데, 그중 가장 유명한 것은 이탈리아 베네치아의 '탄식의 다리'다. 'suspiro'는 영어로 'sigh'에 해당하는 단어인데 우리말로는 '한숨' 또는 '탄식'으로 번역할 수 있다.

그런데 베네치아 다리의 경우 죄수들의 탄식이란 뜻에서 '탄식의 다리'가 잘 어울리지만, 바랑코의 다리는 사랑의 한숨과 연관이 있다. 따라서 '한숨의 다리'라고 부르는 것이 더 적절할 것으로 생각된다.

한숨의 다리는 1900년대에 들어 많은 예술가들의 영감의 소재가

한숨의 다리

되면서 연인들의 방문 장소로 점점 더 큰 인기를 얻기 시작하였다. 이
다리를 건너기 전 소원 하나를 빈 다음 숨을 꾹 참고 다리를 건넌 뒤 한
숨을 쉬게 되면 그 소원이 이루어진다는 데서 그 이름이 유래되었다고
한다. 원래는 사랑의 소원에서 출발하였는데, 지금은 모든 종류의 소원
이 다 가능한 것으로 확대되었다.

사실 리마에 공원이 많다고는 하나 일반적으로 그 규모 면에서는
서울의 공원들을 따라가기 어렵다. 그렇지만 우리 개념으로는 공원이라
고 부르기조차 민망할 정도의 수많은 작은 공원들이 도심 곳곳에서 각

자의 이름을 가진 채 시민들에게 초록색 공간을 마련해주고 있는 것은 오히려 우리가 따라가지 못하는 부분이다. 대부분 사진 한 컷에 전경이 들어올 정도로 작은 크기를 가지고 있는 이들 공원이야말로 리마를 진정으로 초록색 도시로 만들어주고 있는 보배들인 셈이다.

벤치와 벽화,
그리고 케네디 공원의 고양이들

페루는 객관적으로 잘사는 나라가 아니다. 복잡한 설명 없이도 7000달러가 간신히 넘는 1인당 국민소득이 그것을 잘 증명하고 있다. 그중에서도 특히 국가 선진화의 척도라고 할 수 있는 의료와 교육 방면의 투자 및 설비 수준은 거론하기 민망할 정도다.

그렇다고 해서 모든 사회 구조가 다 열악한 것은 아니다. 마추픽추를 대표로 하는 유수한 관광 자원과 다양하고 수준 높은 식도락 여행 상품은 세계 어디에 내어놓아도 뒤지지 않는다. 광물 및 농수산 자원 역시 세계적이다. 그런데 이런 국가 차원의 큼직한 규모 말고도 리마의 신시가지 미라플로레스 거리를 지나다니다 보면 눈을 사로잡는 매력적이면서 부럽기까지 한 것들이 많다.

첫 번째는 바로 도심의 대로변이나 골목 구석구석에 놓여 있는 운치 있는 벤치들이다. 우리나라에서는 공원에서나 볼 수 있는 벤치들이 시민들에게 안락한 휴식 장소를 제공해주고, 도시의 경관을 편안하고 포근하게 만드는 데 결정적인 역할을 하고 있다.

두 번째는 거리 곳곳에서 볼 수 있는 매력 있는 벽화들이다. 바랑코구의 벽화 거리는 이미 대외적으로도 많이 알려져 있지만, 외국인들이 가장 많이 머무는 미라플로레스구에서도 조금만 주의를 기울이면 의외로 많은 벽화들을 발견할 수 있다.

미라플로레스의 벽화들은 주로 핵심 도로인 '라르코 대로'를 중심으로 산재해 있는데, 특정 구역에 한정하여 인위적으로 조성이 되었다는 느낌은 찾을 수 없다. 오히려 자연스러운 분위기로 도심을 거치는 여행객들에게 의외의 색다른 즐거움을 선사해주고 있다.

또 하나는 케네디 공원의 고양이들이다. '케네디 공원'은 리마 미라플로레스 지역의 대표적인 상징 중 하나로, 바로 옆의 '6월 7일 공원'과 함께 주민들의 안락한 녹색 휴식처로 큰 역할을 하고 있다. 비록 규모는 크지 않지만 깔끔한 조경에 접근성이 뛰어난데, 사실 대내외적으로 그 이름을 알리게 된 데는 또 다른 이유가 있다. 바로 고양이들의 존재다.

케네디 공원을 방문하는 외국인들은 공원 주변에서 많은 고양이들이 사람들과 함께 자유롭게 활보하고 다니는 것을 보고 은근히 놀라게 된다. 케네디 공원과 고양이들의 인연은 1994년 몇몇 유기묘들이 방사되면서 시작되었다고 한다. 그런데 이후 자체 번식이 이루어지고 이곳에 버려지는 고양이 수가 점점 증가하면서 위생상의 문제가 제기되었다. 그러자 2011년 미라플로레스 구청에서는 고양이들을 다른 장소로

미라플로레스의 벽화들

이주시킨다는 계획을 발표하였다. 이에 동물 애호 단체들이 '사실상 고양이들을 죽이겠다는 의도'라면서 즉각 항의 시위를 하기 시작하였다.

결국 이듬해인 2012년 미라플로레스 구청은 백기를 들었고, 동물 보호 단체와 협조하여 고양이를 쉽게 버리지 말 것과 고양이를 원하는 경우 입양을 권하는 일종의 사회 캠페인을 전개하기로 하였다. 현재 미라플로레스 고양이 보호 지원 단체는 매일 20킬로그램 정도의 고양이 식량을 공급하고 정기적인 예방 접종, 중성화 수술, 수의사 정기 검진, 입양 캠페인 등의 다양한 사업을 펼치고 있다.

케네디 공원은 고양이들의 천국이다.

학교에 물이 없다고?

페루의 코로나19 환자 수가 비교적 미미했던 2020년 3~4월경, 외국인의 입장에서는 선뜻 이해가 되지 않는 상황이 벌어졌다. 당시 대통령까지 나서 올해에는 학교 현장 수업이 아예 없을 거라고 계속 강조하고 있었던 것이다. 환자 수도 그렇게 많지 않은 상황이었고, 연말까지 많은 시간이 남은 시점에 너무 성급한 결정이 아닌가 하고 무척 의아했다.

그런 중에 우연히 한 현지인과 이 의문에 대해 이야기할 기회를 가지게 되었다. "코로나19의 첫 발생지인 중국에서조차 단계적으로 학교 문을 열어나가고 있는데, 페루 정부는 왜 이 중요한 문제에 대해 이렇게 성급한 결정을 하는가?"라는 나의 질문에 그 사람의 답변은 간단하면서도 놀라웠다.

"학교에 물이 없는데 어떡해요!?"

처음에는 잘못 들은 줄 알았다. 그리고 결국 그에게서 듣게 된 자초지종은 이랬다. 일부 부유한 지역들을 제외하고는 수도 리마를 포함한 대다수 지역의 공립학교에는 물이 제대로 공급되지 않는다는 것이었다.

이런 상황에서 학교가 문을 열면 먹는 물은 말할 것도 없고, 비누나 소독제는커녕 손 씻을 물조차 없는데 코로나19 확산 예방이 될 수 있겠느냐는 것이다.

그는 페루에서는 물과 전기가 제대로 들어온다는 것은 당연한 일이 아니라 일종의 특권이라고 목소리를 높였다. 그러면서 나직이 심지어 일부 공립병원에서도 물이 나오지 않는다고 덧붙였다.

병원에 물이 나오지 않는다니!? 학교에 이어 또 한 번 큰 충격을 받았다.

인터넷 문제도 마찬가지였다. 페루 정부는 코로나19 확산을 방지하기 위해 현장 수업을 온라인 수업으로 대체하겠다고 용감하게 나섰으나, 컴퓨터가 없는 가정의 수가 엄청나다는 것이 당장 문제가 되었다. 뒤늦게 문제의 심각성을 인식한 정부는 빈곤 가정에 힘닿는 대로 컴퓨터를 무상 제공하겠다는 대책을 세웠으나 뻔히 보이는 재정 문제로 한계가 뚜렷했다.

어쩔 수 없이 이런 경우 TV 강의로 보완하겠다는 방침을 부랴부랴 발표하였다. 이 과정에서 방송 녹화에 서툰 일부 선생님들을 대신해서 배우들이 강의를 하는 촌극이 벌어지기도 했다.

그런데 설상가상으로 이번에는 TV마저 없는 상당수의 가정이 문제가 되었다. 오랜 국가 비상사태 상황에서 수입원이 없어진 빈곤층은 TV를 살 돈도 없고, 설령 있더라도 당장 급한 식량부터 사야 한다고 강변하고 나선 것이다. 결국 페루 정부는 TV가 없는 경우, 라디오 방송으로 보완하겠다고 결정하고 실제 현재 시행하고 있다고 한다. 당연히 강의의 효과가 다를 수밖에 없다.

페루에 어학연수를 오기 전부터 이 나라가 오랜 정치부패와 열악한 국가 기반시설로 꽤 가난한 나라라는 것은 알고 있었다. 그러나 이 정도까지인 줄은 미처 알지 못했다.

병원 역시 빈부 격차가 극명하게 현실에 반영되는 현장이라고 할 수 있다. 페루의 의료보험 제도는 가입한 보험의 종류에 따라 이용할 수 있는 병원이 달라진다는 점과 강제성 여부의 측면에서 우리나라와 큰 차이를 보인다.

우리나라는 국민건강보험공단이라는 단일 기관을 중심으로 전 국민을 대상으로 강제가입 제도를 채택하고 있다. 반면 페루는 직장보험 가입자 이외에는 임의가입 형식을 취하고 있으며, 보험 주관 기관도 여럿이다.

페루의 의료보험은 크게 공영보험과 민간보험 둘로 나누어진다. 이 중 공영보험은 주로 빈곤층을 대상으로 하는 통합 건강보험과 직장 근로자들을 주 대상으로 하는 직장 건강보험의 양대 보험이 있고, 군인과 경찰관을 대상으로 하는 보험이 소수로 존재한다.

전 국민의 약 40퍼센트에 해당하는 통합 건강보험 가입자들은 흔히 민사MINSA라는 약칭으로 불리고 있는 페루 보건부 운영의 국영 병원만 이용할 수 있고, 전 국민의 30퍼센트 정도에 해당하는 직장 건강보험 가입자들은 에살루드EsSalud라고 불리는 노동부 산하 사회건강보험사에서 운영하는 직영 병원만을 이용할 수 있다.

반면 전 국민의 10퍼센트도 채 되지 않는 민간보험 가입자들은 클리니카Clinica로 불리는 민영 병원을 이용할 수 있다. 물론 이론적으로는 민간보험 비가입자들도 클리니카를 이용할 수는 있다. 하지만 그 비용이 일반인들이 감당할 수 있는 수준이 아니기 때문에 실제적으로는 이용이 어렵다.

문제는 국영 병원, 직영 병원(에살루드), 민영 병원(클리니카) 사이의 시설 및 의료진 구성이 현저한 차이를 보인다는 것이다. 클리니카는 우선 외관부터가 우리나라에 갖다 놓아도 손색이 없을 정도다. 의료 설비와 의료진의 역량도 당연히 높다. 반면 국영 병원은 규모에서는 크고 작은 차이가 있지만, 대체적으로 모든 상황이 열악하다.

극명한 빈부 차이는 시장에서도 잘 나타나고 있다. 페루에서는 동네 구멍가게를 제외한 큰 규모의 시장은 우리의 슈퍼마켓에 해당하는 수페르메르카도supermercado와 우리의 전통시장에 해당하는 메르카도mercado로 양분된다. 수페르메르카도에는 5대 대형 업체가 있는데,

특히 이 중 고급 체인인 웡wong과 비반다vivanda는 수도 리마에서도 부촌 지역에만 밀집해 있다. 이들 고급 체인들의 내부 모습은 서울의 슈퍼마켓에 전혀 뒤지지 않는다.

리마의 양대 부촌인 미라플로레스구와 산이시드로구에서는 재래시장을 찾아보기 힘들다. 반면 가난한 구에는 재래시장들이 많은데, 규모의 차이가 있을 뿐이지 시설 면에서나 위생 면에서나 하나같이 열악하다. 이렇게 사회 곳곳에서 드러나고 있는 페루의 빈부 격차는 끝이 없어 보인다.

하늘과 땅,
리마의 치안 상태

모든 해외여행자들에게 안전 문제만큼 중요한 것은 없을 것이다. 유럽, 특히 남유럽을 여행하는 사람들은 소매치기가 마음에 걸리는가 하면, 중남미의 경우에는 소매치기는 물론 조금 더 강력한 범죄의 위험성이 상존한다.

페루도 마찬가지다. 기본적으로 나라가 가난한 데다 빈부 격차까지 심하기 때문에 사소한 돈에도 목숨을 거는 범죄가 언제든지 일어날 수 있다.

페루에는 우리나라의 도에 해당하는 행정 단위인 데파르타멘토 Departamento가 있다. 이 중 우리나라의 경기도 정도로 생각할 수 있는 '리마 데파르타멘토 Departamento de Lima'는 다시 10개 프로빈시아provincia로 나누어진다. 이 중 수도인 리마 메트로폴리타나Lima Metropolitana는 우리나라의 서울특별시처럼 수도로서 다른 프로빈시아와는 달리 특별한 행정적 지위를 누린다. 그리고 리마 메트로폴리타나 내에는 우리나라의 구에 해당하는 디스트리토distrito가 모두 43개가 있다.

이렇게 보면 우리나라와 기본적인 행정 구조는 상당히 비슷하다. 다른 점이 있다면 치안 안전도다. 리마는 3000만이 넘는 페루 전체 인구의 약 3분의 1이 모여 살 정도로 밀집된 지역이다. 여기에 일을 찾기 위해 지방에서 올라온 가난한 유동인구까지 겹쳐지면서 치안이 한층 더 불안정한데, 그중에서도 지역, 즉 구에 따라 마치 다른 나라에 온 것처럼 안전도에 있어 현저한 차이를 보인다.

이해를 돕기 위해서 매일같이 보도되는 현지 TV의 범죄 관련 뉴스 중에서 길거리 CCTV에 생생히 촬영된 두 범죄 현장을 소개한다.

하나는 '산후안 데 미라플로레스'구(미라플로레스구와는 완전히 다른 지역이다)에서 일어난 사건이었다. 한 주민이 주택가를 걸어가고 있는데, 뒤에서 걸어오던 사람이 돌연 달려들어 목을 조르기 시작했다. 피해자가 발버둥을 치니까 이번엔 앞길에 주차된 삼륜차 택시(동남아의 툭툭과 같은 형태다)에서 미리 대기하고 있던 공범이 뛰쳐나와 피해자의 배를 사정없이 내려쳤다. 결국 피해자는 의식을 잃었고 범인들은 주머니를 턴 뒤 삼륜차 택시를 타고 순식간에 사라졌다.

또 하나는 '산마르틴 데 포레스'라는 구에서 발생한 사건이었다. 역시 지역 주민 한 사람이 길을 걸어가고 있는데, 난데없이 삼륜차 택시에서 두 사람이 내리더니 길을 가던 사람과 언쟁을 벌이기 시작하였다. 예전부터 서로 무언가 감정이 있었던 것으로 생각되는데, 어쨌든 범인 중 한 사람이 가지고 있던 총으로 순간 그 행인을 쏘고는 바람같이 사라졌다. 더 놀랄 수밖에 없는 것은 이 두 사건 모두 백주에, 그것도 국가 비상사태로 상당한 치안 강화가 이루어진 상태에서 일어났다는 점이었다.

현지인들까지 이런 식으로 당할 수밖에 없는 상황이라면 리마를 단기간 들르는 외지인의 경우 과연 어떻게 대비해야 할까? 난감할 수밖에 없다.

그런데 해답은 의외로 간단하다. 안전한 지역에 머무르는 것이다. 리마의 43개 구 중 5개 구는 관광객뿐만 아니라 현지인들에게도 안전하다는 인식이 심어져 있다. 미라플로레스Miraflores, 산이시드로San Isidro, 산보르하San Borja, 라 몰리나La Molina, 산티아고 데 수르코Santiago de Surco라는 지역이다.

이들 지역은 태평양 바닷가에 있는 미라플로레스를 기점으로 서쪽에서 동쪽으로 연결되어 있다시피 하다. 그런데 이 중 미라플로레스를 제외한 4개 구는 거의 주택만 있다시피 하기 때문에 일반 여행객들의 관심 지역은 아니다.

결국 일반 여행객들의 입장에서 안전하게 여행을 즐기기 위해서는 미라플로레스에 숙소를 정하는 것이 중요하다. 미라플로레스가 안전한데에는 다 그만한 이유가 있다. 우선 기본적으로 부촌인 데다 어두운 골목 같은 곳이 아예 없을 정도로 애초부터 주변 환경이 잘 정비되어 있다. 게다가 예산이 풍족한 만큼 구 자체적으로 지역 경찰들을 많이 고용하고 있다. 실제 지역 경찰들을 주택가 곳곳 어디서나 쉽게 볼 수 있을 정도로 그 숫자가 상당하고 순찰도 자주 한다.

앞서 이야기한 안전한 5개 구를 제외하고도 그렇게 위험하지 않은, 즉 중간 정도의 안전도를 보이는 지역들도 있다. 주로 앞서 말한 5개 지역 바로 옆에 붙어 있는 구들이다. 린세Lince, 헤수스 마리아Jesus Maria, 바랑코Barranco, 산미겔San Miguel, 수르키요Surquillo, 마그달레나 델 마르Magdalena del Mar 등의 구들이 해당한다.

그 외는 모두 기본적으로 치안이 불안한 지역으로 보면 된다. 다만 필수 관광 코스인 구시가지, 즉 역사지구의 경우 '세르카도 데 리마Cercado de Lima'라는 위험한 구에 위치하고 있기는 하지만, 중심 광장인 아르마스 광장 주위는 사람들의 왕래가 잦은 데다 워낙 경찰이 많이 배치되어 있어 적어도 낮에는 안전하다고 볼 수 있다.

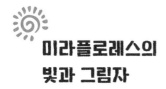

미라플로레스의
빛과 그림자

페루가 궁금한 여행객들은 반드시 수도 리마를 거치게 되어 있고, 리마에서 하루라도 머물게 되는 사람들은 미라플로레스라는 이름을 반드시 기억하게 되어 있다. 글자 그대로 해석하면 '꽃을 보라'라는 의미인 미라플로레스Miraflores는 행정적으로는 페루의 수도 리마의 43개 구(區) 중의 하나에 지나지 않는다. 면적도 9.62제곱킬로미터에 지나지 않으며, 인구도 10만 명 정도에 불과하다. 1000만 명을 상회하는 리마 인구를 감안하면 100분의 일에 해당하는 셈이다. 그러나 이런 외형적 규모와 관계없이 미라플로레스는 리마를 넘어 전 페루에서 부를 상징하는 아이콘으로 자리 잡은 지 오래다.

미라플로레스는 오래전부터 원주민들의 터전이었다. 그 중심부에 자리 잡고 있는 잉카 이전의 고대 유적지인 우아카 푸크야나Huaca Pucllana가 이를 증명해준다. 그러다가 1535년 프란시스코 피사로가 리마에 본격적으로 식민 경영의 중심이 될 새로운 도시를 건설하면서, 바다를 바로 옆에 둔 미라플로레스는 자연스럽게 스페인 정복자들의 교외 휴양지로 인기를 얻어갔다.

19세기 중반에는 유럽의 부유한 이민자들이 대거 유입되면서 조용했던 시골 마을이 번화한 도시로 변하게 되고, 마침내 1857년 1월 2일에는 리마의 한 구(區)로 정식 편입된다.

그러나 그 후 칠레와의 태평양 전쟁(1879~1885) 중에 미라플로레스는 치열한 전투 현장이 되었다. 결과적으로 2000명의 페루군이 사망하고 미라플로레스는 철저하게 파괴되었다. 그러나 당시 페루군의 처절한 저항은 이후 미라플로레스가 영웅의 도시Ciudad Heroica로 불리는 계기가 되었다.

전쟁 후 미라플로레스의 복구는 느리지만 착실히 진행되어 조금씩 평온한 주택가로 자리 잡아갔다. 20세기 초반까지 여전히 인구 1200명 정도의 전원 마을에 지나지 않았던 미라플로레스가 획기적인 발전의 계기를 맞게 된 것은 리마 중심가(지금의 역사지구)와 미라플로레스를 바로 연결하는 아레키파 대로가 만들어진 덕분이었다.

1960년대에 들어서는 미라플로레스의 또 다른 남북 교통 연결로인 도심 고속도로 'Paseo de la Republica'와 초록 해안costa verde을 따라 만들어진 해안도로가 완성되면서 발전은 가속되었다.

그러나 아쉽게도 이 과정에서 운치 있는 옛 건물들은 수없이 허물어지고 삭막한 느낌의 현대식 건물들이 대신 들어섰다. 그나마 도심지 곳곳에 최대한 녹지 공간이 확보되고 최대한 안전한 도시로 성장하도록 설계된 것은 다행이었다.

오늘날의 미라플로레스는 한마디로 훌륭한 도시다. 한편으로는 화려하고 한편으로는 평화롭다. 마천루가 있는가 하면 쾌적한 공원도 있고, 대규모 카지노와 클럽 등이 대로에 자리 잡고 있는가 하면 호젓한 분위기의 작은 길목에서는 품격 있는 고급 레스토랑들을 만날 수 있다. 빈곤율은 1.8퍼센트에 불과해 리마에서 단연 최하이다. 이는 페루 전체를 통해 미라플로레스가 가장 부유한 지역임을 의미한다.

바다를 끼고 펼쳐지는 말레콘(해변 조경지구)은 세계 어느 곳에 내놓아도 손색이 없을 정도의 아름다운 풍경을 자랑한다. 평일 저녁이나 휴일에 나들이를 온 가족들의 평화로운 모습을 보고 있노라면 진정한 삶의 모습이란 바로 이런 것이 아닌가 하는 생각이 절로 들기 마련이다. 게다가 안전하기까지 하기 때문에 외국인의 입장에서는 웬만해서는 다 미라플로레스에 숙소를 정하기 마련이고, 이 때문에 자연스럽게 미라플로레스를 통해 리마의 모습을 판단하게 된다.

그러나 미라플로레스는 미라플로레스일 뿐이다. 리마의 43개 구 중의 하나에 지나지 않고, 미라플로레스와 쌍벽을 이루는 부촌인 산이시드로를 포함한 4~5개 구들과 나머지 구들과의 빈부 격차는 우리가 상상하는 그 이상이다.

현지인들은 툭하면 "페루의 모든 부와 혜택은 미라플로레스와 산이시드로에 집중되어 있다", "미라플로레스와 산이시드로는 페루가 아니다"라고 불만을 표출하곤 한다.

원래 의도와는 전혀 관계없이 오늘날 미라플로레스는 외국인들에게 페루의 수많은 어두운 그림자들을 숨기고 있는, 마치 선전 마을과도 같은 역할을 하고 있는 셈이다. 미라플로레스가 무슨 죄가 있겠냐마는, 오늘날 페루에서 미라플로레스가 상징하는 가치에 대해서는 복잡한 생각이 들지 않을 수 없다.

Chapter 5

외국어를 공부하는 이유

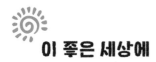

이 좋은 세상에

나이 50이 되던 해인 2003년에 문득 저질렀던(?) 일본어 학원 등록이 제2외국어 공부의 시작이었다. 그리고 일본어, 중국어, 프랑스어, 스페인어 등 4개 국어의 공부가 본격화된 것은 2007년부터였다. 당장의 생계나 훗날의 계획과는 전혀 무관한 순수한 취미 활동이 이렇게까지 길게 이어질 줄은 짐작조차 못 했다.

어쨌든 짧지 않은 세월이니만큼 그동안 사회적으로도 많은 변화가 있었고, 이런 변화들은 그동안의 외국어 공부 이력에도 크고 작은 영향을 미쳤다.

지금도 여전하지만, 특히 공부 초기에는 늦은 나이에 생소한 언어를 4개씩이나 동시에 소화하려니 지끈거리는 머리를 감당하기 쉽지 않았다. 그중에서도 새로운 단어들을 외우는 것이 큰 과제였다.

요즈음 초보 언어 학습자들을 유혹하기 위해 '굳이 많은 단어를 알지 않아도 된다', '단어를 외울 필요가 없다', '자연스럽게 단어를 익히는 방법을 배워야 한다' 등등의 감미로운 주장들이 난무하는데, 다 의미 없는 소리다. 언어는 결국 '기승전 암기, 암기'다.

문제는 시간이었다. 그 누구에게도 하루는 정해져 있다. 마법이 일어나지 않는 한 하루 26시간, 30시간을 가질 수는 없다. 결국 해답은 자투리 시간을 이용하는 것이었다.

당시 나는 지하철로 출퇴근을 하였기 때문에 그 시간을 집중적으로 활용하기로 하였다. 주말이나 저녁 늦게 학원을 오갈 때도 마찬가지였다. 교재를 가방에 넣고 다니기도 했지만, 지하철 벽에 붙어 있는 각종 광고들을 보면서 '저 단어는 일본어로는 또는 중국어로는 뭐더라?', '이 말은 프랑스어로는 또는 스페인어로는 뭘까?' 하고 되새겼다.

당연히 생각나지 않는 단어들과 모르는 단어들, 그리고 갑자기 궁금한 단어들이 항상 있기 마련이었고, 그럴 때마다 사전이 필요했다. 즉석에서 확인하지 않으면 지하철에서 내릴 때엔 궁금한 것이 무엇이었는지조차 잊어버리는 일이 다반사였기 때문이다.

그런데 당시에는 전자사전의 종류도 다양하지 않았고, 나 스스로가 전형적인 아날로그 세대의 일원인지라 종이사전에 의존할 수밖에 없었다. 그래서 작은 가방에 두꺼운 사전을 두서너 종류씩 넣고 다니면서 필요하면 바로 꺼내 단어들을 확인하곤 하였다.

주위 사람들이 이상하다는 듯이 쳐다보는 것은 너무나도 당연한 일이었다. 한번 상상해보라! 책을 손에 들고 읽다가 갑자기 가방에서 두꺼운 사전을 꺼내 무언가를 확인하는 나이 든 남자의 모습을! 그것도 반복해서.

이런 식의 단어 공부는 지하철에서 내려 집으로 들어갈 때까지 이어졌다. 길을 걸어가다 갑자기 멈춰 서서 큰 사전을 꺼내 무언가를 찾고 있는 중년의 신사를 보고 뒤에서 걸어오던 사람들은 과연 어떤 생각을 했을까? 입장을 바꾸어놓고 생각해보아도 이상했을 것 같다.

그렇게 한동안 지내다 어느 날 문득 전자사전의 편의성을 깨닫고 적합한 제품을 찾아 나섰다. 문제는 4개씩이나 되는 외국어였다. 그것도 가장 일반적인 영어를 제외한 외국어였기 때문에 더 문제였다. 당시만 해도 지금처럼 전자사전 하나에 웬만한 언어들이 다 등재되어 있는 제품은 찾아보기 어려웠다.

우여곡절 끝에 외국 출장길에서 어렵게 구한 제품을 포함하여 대여섯 개의 전자사전을 갖추고 용도에 따라 사용하기 시작하였다. 무거운 종이사전을 가방에 넣고 다니는 대신 이제는 양복의 양쪽 안주머니에 권총을 품듯 전자사전을 넣고 다니며 필요할 때 바로 꺼내 활용한 것이다. 주위 시선에 대한 부담도 한결 덜해졌다.

그러다가 마침내 본격적인 스마트폰의 시대가 왔다. 그야말로 꿈의 세계였다. 작은 스마트폰 하나로 주위의 이목을 전혀 끌지 않고 이렇게 편하게 공부를 할 수 있다니! 이제 많은 사람들이 쫓기는 시간 속에서도 쉽게 외국어 공부를 할 수 있겠구나! '이 좋은 세상에'를 저절로 외치게 되었다.

그러나 현실은 어떤가? 오늘날 지하철 안에서 스마트폰은 과연 어떻게 활용되고 있는가? 넋을 놓고 매일같이 드라마를 보거나 게임에 열중하다 돌아서서 혹시 이렇게 이야기하지는 않는지?

"외국어 공부할 시간이 어디 있어? 그거 다 시간이 남아도는 팔자 좋은 사람들 이야기야."

백조의 미학

2015년 미국의 언어심리학자인 리처드 로버츠와 로저 쿠르즈가 『Becoming Fluent』라는 제목의 책을 펴냈다. 성인들의 외국어 공부에 관한 내용을 다룬 것이다. 우리나라에서는 국내 독자의 취향에 부합하기 위해서인지 『서른, 외국어를 다시 시작하다』(프리렉 펴냄)라는 약간 엉뚱한 제목으로 번역 출간되었다.

책의 앞부분에 다음과 같은 글이 있다.

외국어를 능통하게 구사하는 사람을 볼 때면 흔히들 그 사람이 언어 쪽으로 재능을 타고났다고 생각한다. 왜냐하면 그 정도로 구사하기까지 얼마나 많은 노력을 기울였는지 알지 못하기 때문이다. 하지만 우리가 천재라고 부르는 일부를 제외하고는 성인이 되어 외국어 공부를 시작한 사람은 거의 다 엄청난 노력을 통해 그 같은 성과를 얻었다.

사실 이 말은 꽤 상식적이기도 하고 스스로도 평소 누누이 주위 사람들에게 해오던 주장이라 새삼스러울 것은 전혀 없었다. 다만 그 글에 첨가된 미켈란젤로의 다음과 같은 말이 오히려 더 크게 마음에 와 닿았다.

내가 이 경지에 오르기까지 얼마나 열심히 노력했는지 사람들이 안다면 결코 멋지다고는 말하지 못할 것이다.

르네상스 시대의 천재 예술가로 잘 알려진 그도 이런 말을 한 적이 있다니!

나 자신의 경험에 비추어 보더라도, 그동안 이룬 자그마한 성과에 대해 '저 사람은 돈이 많아서 그럴 수 있을 거야'라는 언급을 하다가, 돈과는 크게 관련이 없다는 것을 알게 되면 '저 사람은 내가 가지지 못하는 시간적 여유가 있을 거야'라고 평계의 방향을 슬쩍 돌리는 경우를 종종 봐왔다. 그러다 이도 저도 아니면 이번에는 '저 사람은 원래 머리가 좋은 사람이니까', '저 사람은 서울대 의과대학 교수니까'라고 필사적인(?) 심리적 방어전을 펼치는 경우도 많았다.

만일 그렇게 머리가 문제라면 대한민국의 웬만한 교수들은 모두 기본적으로 몇 개씩 외국어를 구사하는가? 돈이 문제라면 우리나라의 모든 재벌들은 다 몸짱, 뇌섹남이란 말인가? 시간이 문제라면 백수들의 모습은 어떠해야 하는가?

이런 자기방어적 핑계에 앞서 결국 세상만사의 바탕에는 꾸준하고 끈질긴 노력이 자리 잡고 있다는 것을 아는 것이 중요하다. 우리나라가 낳은 세계적인 발레리나 강수진의 발이 상징하는 바를 되새겨야 한다는 뜻이다. 한때 '농구 대통령'이란 별칭으로도 불렸던 허재는 최근 한 방송에서 "나의 천재성은 40퍼센트에 지나지 않는다. 나머지 60퍼센트는 지지 않겠다는 정신이다"라고 말했다. 그러한 승부욕과 집중력은 노력의 또 다른 이름이 아니겠는가?

겉에 드러난 성과 뒤에 숨어 있는 노력에 대해 이야기할 때, 우리는 흔히 백조를 예로 들곤 한다. 호수 위에 떠 있는 그 여유 있는 자태 뒤에는 물 밑에서 쉴 새 없이 움직이는 발길질이 있다는 것이다.

그런데 사실 백조가 물 위에 그냥 떠 있기만 할 때는 발을 요란스럽게 움직일 필요가 없다. 속이 빈 뼈, 몸속의 공기주머니, 꼬리 근처의 기름샘에서 분비되는 기름을 깃털에 발라 물이 스며들지 못하게 하는 등 타고난 부력 장치들이 있기 때문이다. 따라서 백조가 물 밑에서 보이지 않는 발을 움직여야 할 때는 앞으로 나아가거나 역류에 대항하여 자세를 유지하기 위할 때다.

　언어 공부뿐만 아니라 노력이 동반되어야 하는 세상 모든 일이 이와 같을지도 모른다. 타고난 재능, 능력, 지력, 체력 그대로의 모습만으로 살려고 할 때는 구태여 애를 쓰지 않아도 될 것이다. 그러나 스스로의 인생 여정에서 의미 있는 전진을 위해, 또 때로는 퇴보를 막기 위해서는 백조처럼 남모르는 노력이 필요하다는 것을 깨달아야 한다.

　미국 제39대 대통령(1977~1981)을 지낸 지미 카터(1924~)는 재선에 실패한 것으로도 알 수 있듯이 재임 시의 평가는 좋지 않았다. 그러나 퇴임 후의 활동으로 높은 평가를 받고 있다. 『왜 최선을 다하지 않았는가Why not the best?』는 이런 그의 자서전 격인 책이다. 조지아 주지사였던 카터는 1976년 출간한 이 책 덕분에 이듬해 대통령으로 취임하게 된다. 이 책에서 그는 책의 제목에 대해서 다음과 같이 설명하고 있다.

　카터가 해군 장교로서 핵잠수함 프로젝트에 지원하여 당시 책임자였던 리코버 제독과 면담하게 되었다. 제독이 여러 가지 질문을 한 뒤 문득 물었다. "귀관의 해군사관학교 시절 성적은 어떠했는가?" "저는 820명 중에서 59등을 했습니다." 카터는 자랑스럽게 대답했다. 그러자 기대했던 칭찬 대신 또 하나의 질문이 돌아왔다. "귀관은 그때 최선을 다했는가?" 잠시 머뭇거리다가 카터가 대답했다. "아닙니다. 제가 항상 최선을 다한 것은 아닙니다." 제독은 가만히 카터를 쳐

다보다가 다시 한마디를 던졌다. "왜 최선을 다하지 않았는가? (Why not the best?)" 카터는 그 후 이 말을 평생 잊지 않았다.

여기서 한번 생각해보자. 끝없는 핑계의 연금술사가 되든지, 아니면 진정한 노력의 수혜자가 되든지, 결국 모든 것은 당신에게 달려 있는 것이 아니겠는가!

어학 공부에
필요한 것

과거 국내에서 어학 학원에 다닐 때 선생님이나 같이 배우는 학생들이 서로 흔히 하는 질문 중의 하나가 '공부를 시작한 지 얼마나 되었냐'는 것이었다. 이런 경우 대부분은 '배운 지 그렇게 오래되지 않았다'고 대답하려는 경향이 느껴졌다. 이유는 자명했다. 만일 주위 사람들이 그 사람의 실력이 괜찮다고 생각하고 있을 때는 짧은 기간에 그러한 실력을 갖추게 된 데 대한 경외감을 표현하게 하고, 설령 반대의 경우라도 '배운 기간이 얼마 되지 않으니까'라고 생각해 체면치레를 할 수 있다고 여기기 때문이다.

과연 그런 것일까? 배운 기간에 비해 학습 진도가 빠르다는 것이 반드시 그 사람이 남달리 총명하다는 증거이며, 앞으로도 계속 그 언어를 잘할 것이라는 보증수표가 될 수 있을까? 그리고 상대적으로 오랜 기간을 공부했음에도 발전이 더딘 사람들은 머리가 나쁜 사람이기 때문에 그 후로도 성과를 거둘 가능성이 없는 것일까?

과거 중국어를 배운 지 얼마 되지 않았을 때의 일이다. 같이 수업을 듣는 학생 중에 50대 전후로 짐작되는 한 회사원이 있었다. 물론 당시 나보다는 앞선 실력이었지만 그가 스스로 밝힌 수년간의 공부 이력에 비해서는 그렇게 인상적인 수준은 되지 못했다. 그런데 그 사람이 무심코 내뱉은 한마디는 지금도 나의 어학 공부 여정에서 큰 자극이 되고 있다.

어느 날 휴식 시간 중에 가벼운 이야기를 주고받던 중 그는 자신이 공부를 시작한 햇수가 짧지 않음을 밝힌 뒤 "현재 실력과 관계없이 수년간 이 공부를 포기하지 않고 지속하고 있다는 사실 자체에 스스로에게 점수를 주고 싶다"라고 담담히 이야기하였다. 이 말을 듣는 순간 나는 '바로 이것이 어학 공부의 진리며 정답이구나!' 하는 생각이 들었다.

오늘날 많은 사람들이 어학 공부에 도전하고 있다. 매년 연말연시에 새해의 소원을 말해보라고 하면 '외국어 공부를 열심히 해서 성과를 얻는 것'이라고 대답하는 사람들이 적지 않다. 또 실제 상당수는 학원 또는 인강에 등록하거나 관련 도서를 구입하면서 가까운 장래에 이룰 꿈에 흐뭇해한다.

그러나 우리가 주위에서 직간접적으로 보게 되는 그 결말은 과연 어떤가? 작심삼일, 중도 포기, 약속과 결심의 망각, 체념 등등. 익숙한 장면들이 아닌가? 사실 언어 공부라는 것은 가시적인 성과도 늦게 나타날 뿐만 아니라 끝이란 것이 있을 수 없는 지루한 과정이다. 그래서 쉽게 지치게 되고 포기하게 되는 것이다. 바로 이럴 때 무엇보다도 요구되는 정신 자세가 '꾸준함'이다.

군이 비유를 하자면 어학 공부는 길고도 긴 마라톤과 같다고 할 수 있다. 그나마 운동 경기로서의 마라톤은 42.195킬로미터라는 정해진 거리가 있지만, 어학 공부의 마라톤은 한 사람의 일생을 통해 계속된다고 보아야 한다. 물론 그 과정에서 취직이나 입학시험 같은 단기간의 목표를 위해 100미터 달리기처럼 짧은 구간을 남보다 빨리 뛰어야 할 필요가 있을 때도 있을 것이다. 그러나 그때만 잠시 열심히 뛰고 이후에는 제대로 노력하지 않는다면 늦더라도 꾸준히 계속 공부해나가는 사람보다 결과가 못하리라는 것은 자명하다.

게다가 외국어 공부는 중단하는 순간, 배울 때의 속도보다 훨씬 빠르게 망각의 과정으로 들어가게 된다. 직접 경험을 해본 사람이라면 누구나 느끼게 되는 사실이다. 외국에서 살거나 사업상의 이유로 외국인들과 지속적으로 접촉할 기회를 갖지 않는 한 어차피 일상생활에서는 그 언어에 대한 직접적인 자극을 받기 힘들기 때문이다. 따라서 비록 단기간에 빠른 발전을 보였던 사람이라도 이후에 이를 꾸준히 지속해나가지 않으면 어느 한순간에 실력 유지는커녕 한때 공부를 하였다는 아련한 추억만 간직하게 될지도 모른다.

　이런 면에서 어학 공부에서의 '꾸준함'이란 일정한 성과를 얻기까지의 과정에서는 물론이고, 성과를 얻고 난 후에 이를 유지하고 발전시키기 위해서라도 반드시 필요한 덕목이 된다. 앞서 예로 든 그 중년 회사원처럼 발전 속도와 관계없이 꾸준히 공부를 지속한다면 반드시 일정 수준에 오르게 되고, 또다시 꾸준히 공부를 이어나간다면 언젠가는 높은 수준에 오를 수밖에 없기 때문이다.

　무릇 어떤 언어를 배운다는 것은 그 끝이 정해져 있는 것이 아니다. 배우는 그 자체를 자연스럽게 일상생활의 한 부분으로 만들어서 꾸준히 이어나가는 것만큼 중요한 것은 없다. 흔히 말하는 '공부에 왕도는 없다'라는 말도 결국 '꾸준함'만이 최선의 비결이란 뜻이고, 특히 외국어 공부만큼 이 말이 진실인 분야도 없다.

역발상의 욜로

2017년 '욜로YOLO'라는 단어가 혜성처럼 등장해 마치 강력한 지진처럼 우리 사회를 흔들었고, 그 여진은 여전히 계속되고 있다. 알고 보니 서양 사회에서는 꽤 오래전부터 'You Only Live Once'라는 표현이 있었는데, 이를 2011년 캐나다의 한 래퍼가 '욜로'라고 약자로 노래를 부른 이후 본격적으로 대중화되었다고 한다.

'욜로'가 뒤늦게 2017년 갑자기 한국 사회의 뜨거운 유행어가 된 것은 미디어의 영향 때문이었다. 그 전해에 한 케이블 텔레비전 프로그램에서 한 출연자가 홀로 여행하는 금발의 외국인 여성에게 대단하다고 칭찬하자 그녀가 '욜로'라고 대답한 것이 계기가 되었다고 한다.

'욜로'라는 뜻 자체는 오래전부터 알려진 표현인 '카르페 디엠Carpe

Diem'과 일맥상통하는 것으로 보인다. 옛 로마의 시인 호라티우스가 그의 작품에 썼다는 이 라틴어는 직역으로는 '현재를 잡아라'이지만, 일반적으로는 '살고 있는 이 순간에 충실하라' 또는 '기회가 될 때 즐겨라' 정도로 해석되는 표현이다. 이런 유사 표현이 진작부터 있었음에도 욜로가 대유행을 한 것은 아마도 그 발음이 보다 간명하면서도 리듬감이 있는 까닭인 것으로 생각된다.

어쨌든 욜로의 등장에 마치 긴 가뭄 끝에 만난 단비처럼 적지 않은 사람들이 열광하며 훌쩍 여행을 떠나거나, 사회적 일탈을 감행한 것으로 알고 있다.

여기서 불현듯 의문이 하나 생긴다.

사람들은 왜 '한 번밖에 없는 인생'이라고 하면 즉각적으로 자유분방과 일탈과 쾌락 추구의 삶과 연관 짓는 것일까? 발상을 달리하여 한 번밖에 없는 인생이기 때문에 보다 의미 있고 보다 가치 있는 삶을 살아야 할 필요는 없는 것일까? 한 번만 살 수밖에 없는 숙명이기에 오히려 더 진지하게 삶의 긴 노정을 알차게 계획해야 하지 않을까?

이것은 반농담조로 유행했던 '욜로하다 골로 간다'라는 의미의 욜로에 대한 무조건적인 반대 견해는 물론 아니다. 욜로를 자유분방과 일탈, 그리고 쾌락 추구 쪽으로 연결 짓고 싶은 사람들도 다 그 나름대로의 깊은 이유와 배경, 그리고 인생관을 가지고 있을 것이다. 그리고 실제 어느 쪽이 과연 삶의 진실인지는 한 번밖에 살지 못하는 인간의 능력으로는 알 수도 없다.

　다만 여기서 중요한 것은 '한 번밖에 없는 삶'이기 때문에 오히려 더 노력하고 애쓰며 그 속에서 보람을 찾는 삶을 살아야 하지 않느냐는 역발상의 지혜에 대해 생각해보자는 것이다.

자투리 시간과
멍 때리기

자투리 시간의 활용은 모든 시간 관리법에서 기본적이면서도 중요한 비중을 차지하는 항목이다. 나의 경우 가장 즐겨 활용했던 자투리 시간은 지하철 출퇴근 시간이었다. 각각 1시간씩 걸리는 출퇴근 시간은 외국어 단어 공부에 훌륭한 시간을 제공해주었다.

이번에는 내가 실제로 하고 있는 또 다른 자투리 시간 활용법에 대해 이야기해보려 한다.

바로 운동 시간을 어학 공부를 할 수 있는 자투리 시간으로 활용하는 것이다. 사실 어학 공부의 큰 장점을 하나 들자면, 마음만 먹으면 특별한 시설이나 장비 없이도 얼마든지 가능하다는 것이다. 컴퓨터 공부나 서예, 요리 강습 등의 취미 생활과 비교해보면 잘 알 수 있으리라

믿는다. 어학 공부는 말하자면 산책하면서도 할 수 있고 심지어 뛰면서도 할 수 있다.

구체적인 예를 들어보자. 헬스클럽에서 1시간 정도 근육운동을 하기로 계획했다고 하자. 그러면 운동하러 집을 떠나기 전 30분 또는 1시간가량 외국어 공부를 하는 것이다. 공부한 것을 제대로 기억에 남기려면 공부 후 가급적 빨리 복습을 하는 것이 가장 효과적이라는 것은 이미 과학적으로 증명된 사실이다.

이런 맥락에서 공부를 끝낸 후 체육관으로 가는 과정에서부터 이미 머릿속으로는 복습이 시작되는 것이다. 당연히 운동 중간중간에도 배운 것을 반복하게 된다. 과거에는 공부한 것이 제대로 기억나지 않을 때는 집에 들어가서 기억을 더듬어 확인하곤 하였으나 요즈음은 스마트폰으로 현장에서 바로 확인할 수 있어 얼마나 편리하고 효율적인지 모른다.

이런 과정은 또 다른 취미 생활인 야외 조깅에도 그대로 적용된다. 뛰는 도중에 배운 것을 되새기고 기억이 잘 나지 않는 것은 운동 후 바로 확인하는 절차를 거치는 것이다. 번거롭게 보일지 모르지만 실천해 보면 이것만큼 효율적인 자투리 시간 활용 방법도 없다는 것을 알게 될 것이다.

그런데 여기서 적지 않은 사람들이 크게 착각하는 것이 하나 있다. 이런 식으로 자투리 시간을 활용하는 사람들은 인생을 너무 삭막하고 빡빡하게, 마치 기계처럼 산다고 오해하는 것이다.

그래서 '그렇게 살 바에야 인생에 무슨 낙이 있는가?', '나는 그렇게 아등바등 살고 싶지 않다', '사람이 가끔 멍 때리는 시간도 있어야지 무슨 대단한 목표를 이룬다고 그렇게까지 애를 쓰는가?', '과유불급이 아닌가? 무리하지 않고 사는 것이 중요한 것인데……'라며 반론을 제기한다.

당연하고 옳은 이야기들이다. 사람이 기계가 아닌 다음에야 쉬면서 멍 때리는 시간은 필요하면서도 바람직한 시간이다. 기계도 하물며 휴식 시간이 필요하지 않은가?

그러나 그들이 여기서 놓치고 있는 중요한 점이 있다. 자투리 시간을 활용한다고 해서 모든 여유 시간을 그렇게 운용한다는 의미는 아니라는 것이다. 자투리 시간 활용자들도 얼마든지 멍 때리는 시간을 가질 수 있고, 또 가져야만 한다. 단지 차이라면 일주일에 산술적으로 10시간의 자투리 시간이 가능하다면 자투리 시간 활용자는 그중 3~4시간을 공부에 활용하는 것이고, 그렇지 않은 사람들은 10시간 전부를 멍 때리는 데 쓰는 것일 뿐이다.

이런 의미에서 의도적인 이분법은 정말 위험하다. 세상에는 오직 자투리 시간을 100퍼센트 활용하려고 발버둥 치는 사람과 그러지 않는 두 종류의 사람만 있다는 전제를 세우고, '나는 그런 식으로 살고 싶지 않다'고 주장하는 것은 그야말로 자기 합리화를 위한 핑계에 지나지 않는다.

자투리 시간을 활용한다는 것은 성과 지향적인 삭막한 사람들이 일상을 희생해가며 아등바등하는 처절한 생활 방식이 결코 아니다. 자투리 시간 모두를 멍 때리는 것에 쓰지 않고 그중 일부를 보다 의미 있게 자신을 위해 투자하는 것뿐이다.

앞서 예로 든 지하철이나 헬스클럽에서의 자투리 시간 활용법의 경우만 보아도 그렇다. 어떻게 매번 그런 식으로 생활하는 것이 가능하겠는가? 다만 열 번에 서너 번 정도라도 그렇게 하려고 노력한다면 아예 아무것도 하지 않는 사람들에 비해 그 결과의 차이가 결코 적지 않을 것이다. 그리고 그것이 결국 스스로의 인생의 가치와 보람을 결정할 수도 있지 않겠는가?

외국어 공부와
고산 등반

평소 개인적으로 외국어 공부를 고산 등반에 비교하기를 좋아한다. 비록 나 자신이 고산 등반가는 아니지만, 길고 고된 과정을 묵묵히 견디면서 꾸준히 정상을 향해 전진하는 모습에 서로 비슷한 점이 많다고 늘 느끼기 때문이다.

같은 맥락에서 다중언어를 공부하는 것은 여러 개의 고봉을 등정하는 것으로 비교해볼 수 있겠다. 물론 어학 공부에서는 산악 등반에서와 같은 정상 정복의 개념은 있을 수가 없다. 하지만 스스로의 만족도와 객관적인 평가로 어느 정도는 그 기준을 정해볼 수도 있을 것이다.

그런데 나의 경우 6개 국어 구사자로 주위에 어느 정도 소문이 나자 이렇게 묻는 사람들이 적지 않았다.

"김 교수, 그다음 도전 대상은 아랍어입니까, 아니면 러시아어입니까?"

물론 덕담이겠지만, 이런 식의 질문에는 정말 제대로 답변하기가 어렵다.

여기서 한번 생각해보자. 다중언어 학습자와 고산 등반가의 여정은 참으로 길고 험난하다. 그리고 그런 만큼 성공했을 때의 성취감이 크다. 그러나 이 양자 사이에는 사람들이 흔히 놓치기 쉬운 결정적인 차이가 하나 있다.

예를 들어보자. 어떤 등반가가 히말라야 14좌 완등의 꿈을 가지고 먼저 에베레스트와 안나푸르나를 오른 뒤 그다음 목표로 K2 등반을 계획하고 있다고 하자. 그 등산가는 이전 등반의 영광과 경험을 등에 업고 이번에는 차분히 K2 등반을 준비하면 되는 것이다. K2를 오르기 위해 이미 등반하였던 에베레스트와 안나푸르나를 다시 등반하거나 이전 등반의 기억을 잊지 않기 위해 수시로 되돌아가서 그 산들의 언저리를 맴돌지 않아도 된다는 이야기다.

그러나 어학 공부의 경우는 완전히 다르다. 가령 다중언어 구사를 목표로 하는 어떤 학습자가 영어에 이어 중국어를 공부하여 웬만한 수준으로 올린 뒤 이번에는 스페인어에 도전하기로 결심했다고 하자. 그는 등반가와는 달리 오로지 스페인어 공부에만 매달릴 수가 없다. 이전에 열심히 공부하여 어느 정도 궤도에 올랐다고 생각한 영어와 중국어는 관심을 놓는 순간 고산 정상에서 미끄러지듯 실력이 하강하기 때문이다. 다시 말해서 다중언어 학습자들은 새로운 산에 대한 도전과 동시에 이미 올랐던 산, 즉 이미 배우고 기억했던 것들도 지속적으로 반복해 발전시켜나가야 한다.

따라서 다중언어 구사자가 다른 언어를 배운다는 것은 단순한 새로운 도전이 아니라 기존의 공부에 무거운 짐을 하나 더 얹는 것이나 다름없다. 결국 아무리 애를 써도 그 누구든 시간과 체력, 그리고 공부 능력에는 한계가 있기 때문에, 새로운 것을 배운다는 것은 기존의 것을 희생할 가능성이 높다는 것을 뜻한다.

이런 의미에서 나는 사냥 목록의 숫자를 늘리고 싶어 하는 이른바 '다중언어 사냥꾼'이 될 생각은 없다. 다만 과거 우연한 기회로 귀중한 인연을 맺게 된 기존의 외국어들을 여생 동안 보다 심도 있게 다듬어나가고 싶은 욕심이 있을 뿐이다('다중언어 사냥꾼'이란 말은 기존의 표현이 아니라 개인적으로 만든 조어다).

여기서 문득 외국어 공부와 산악 등반의 또 다른 차이가 떠오른다. 산악인의 등반 기록은 그 자체로 충분히 훌륭한 것이지만, 어학 공부를 하는 사람들의 기록이란 현재의 실력이 뒷받침되지 않는 한 아무런 가치가 없다. 그야말로 한때의 아련한 개인적 추억이 될 뿐이다.

그렇기 때문에 어학 공부에는 은퇴도 휴식도 없다. 오로지 끈기 있게 나아가야 하는 외길만 있을 뿐이다.

손바닥 컵과
엿 만들기

외국어 공부에서 기억력은 매우 중요한 요소 중의 하나인데, 독일의 심리학자 헤르만 에빙하우스(1850~1909)의 '망각곡선'은 기억력을 효과적으로 유지하기 위한 방법을 과학적으로 잘 보여준다. 그러나 방정식과 그래프, 숫자의 사용으로 설명이 쉽게 와닿지 않는 아쉬움이 있다.

그런 의미에서 그동안의 직간접 경험을 토대로 기억력 유지에 대한 새로운 비유법을 하나 소개해보기로 한다. 이른바 '손바닥 컵과 엿 만들기' 이론이다.

야외에서 목은 마른데 마땅한 컵이 없을 때 두 손을 오므려 합친 뒤 약수를 받아 먹은 경험이 누구나 한 번쯤은 있을 것이다. 그런데 이런 손 모양을 가리키는 적절한 우리말이 없는 것 같아 임의로 '손바닥 컵'으로 명명하려 한다.

우리가 무언가를 공부해서 암기하는 것은 바로 이 손바닥 컵에 물을 담는 것과 같다. 이때 물은 기억이고 손바닥 컵은 뇌의 단기기억 저장소로 보면 된다. 우리의 목표는 기억, 즉 물을 오래 저장하고 싶은 것이기 때문에 물을 마셔서는 안 된다는 조건이 있다.

그런데 임시로 만든 손바닥 컵은 불안정해서 물은 자꾸 새어 나갈 수밖에 없다. 게다가 팔이 아파서 그 모양을 오래 지탱할 수도 없다. 어떤 새로운 외국어 단어들을 암기한 후의 상태가 이와 같다고 볼 수 있다.

이때 해결책은 단 하나다. 가급적 빨리 안정된 컵을 찾아서 옮겨 담는 것이다. 망각곡선에 의하면 물(기억)을 담은 지 10분쯤 지나면 물이 새기 시작하고, 1시간이 지나면 무려 절반 정도의 물이 소실되기 때문이다. 이때 물을 되도록 빨리 옮겨 담는 과정은 배운 것을 가능한 한 빨리 한 번 복습하는 행위에 비유할 수 있다.

이렇게 안정된 컵에 물을 옮기고 나면 일단 한숨을 돌릴 수는 있지만 그것으로 모든 것이 해결된 것은 아니다. 물의 증발 현상이라는 것이 있기 때문이다. 즉, 기억력이 '손바닥 컵'에서보다 속도는 느리지만 결국에는 사라지게 된다. 이런 자연적인 증발을 막기 위해서는 물을 너무 늦지 않게, 점도가 높은 액체나 가장 바람직하게는 딱딱한 고체로 만들어주는 것이 중요하다.

여기서 등장하는 것이 바로 기억력 유지의 제2단계인 '엿 만들기'

이론이다. 즉, 너무 늦지 않게 또 한 번의 복습을 통해 물을 끈끈한 조청으로 만드는 것이다. 이쯤 되면 기억력이 쉽게 증발되는 것은 상당히 막을 수 있지만, 완벽한 상태는 아니다. 결국 여러 차례 복습 과정을 반복하여 조청을 흰엿으로 만들고, 최종적으로는 갱엿으로 변형하는 과정까지 끝내야 한다. 그래야 우리 뇌의 장기기억 저장소에 딱 달라붙어 오랫동안 기억으로 남게 되는 것이다.

자, 어떤가? 그럴듯한 비유로 여겨지면 다행이고, 그렇게 생각되지 않더라도 가급적 빠른 복습, 그리고 반복 복습만이 기억을 오래 유지할 수 있는 유일한 비법이라는 것을 상기시켜줬다면 그것만으로도 족하다.

발전에 대한
확신의 문제

과거 오랫동안 여러 외국어 학원들을 전전하다시피 하며 많은 강좌들을 듣다 보니 재미있는 현상 하나를 관찰하게 되었다. 즉, 입문 또는 기초 강좌에는 항상 학생들이 넘쳐나는데 상급반에 갈수록 학생 수가 점점 줄어든다는 것이다. 이 때문에 웬만한 학원의 고급 강좌들은 수강 학생 수 부족으로 폐강되는 경우가 비일비재하다.

스페인어 공부를 처음 시작하였을 때의 일이다. 모 스페인어 전문 학원의 기초반에 등록했는데, 10명이 넘는 학생들이 항상 일정한 출석률을 보이며 열심히 공부하였다. 그런데 각각 2개월씩 모두 3단계로 나누어진 초급 과정 6개월을 보내는 동안 단계가 지날 때마다 조금씩 학생 수가 주는 것을 느꼈다.

어쨌든 초급 과정을 끝내고 중급 회화 과정에 들어가게 되었다. 이역시 1단계 2개월은 비록 학생 수가 많지는 않았지만 그런대로 보낼 수가 있었다. 그러나 2단계에 들어서는 마침내 두 번째 달에 수강 신청자가 나 혼자밖에 없는 지경에 이르렀다. 결국 해당 강좌는 없어지고 말았다.

물론 이런 현상은 비단 스페인어에 국한된 것은 아니다. 중국어 공부를 위해 다녔던 학원들의 경우도 최고급반은 수강 신청 학생이 없어 폐강되기가 일쑤이며, 모 프랑스어 전문 학원은 이보다는 약간 사정은 나았지만 고급반일수록 폐강의 위험성이 높아지는 것이 현실이었다.

왜 이런 일이 벌어지는 것일까? 학원에서는 고급반이 되면 학생들 상당수가 해당 국가로 어학연수를 떠나거나 아예 유학을 가기 때문이라고 설명한다. 물론 그런 것도 상당한 요인을 차지할 것이다. 실제로 같이 배우던 학생들 중에서도 그렇게 외국으로 떠난 학생이 많았다. 그중 일부는 어학연수를 마치고 한국에 다시 돌아온 후에도 실력 유지를 위해서 다시 학원에 나오기도 한다.

그러나 개인적인 생각으로는 어학원의 고급반에 수강생이 적은 근본적인 원인은 다른 데 있는 것 같다. 주위에서 보면 새해를 맞이하는 사람들이 흔히 하는 결심 중의 하나가 '외국어 공부'다. 또 많은 사람들의 꿈 중 하나가 원하는 외국어를 제대로 말해보는 것인 경우가 많다.

외국어 공부의 대상은 주로 영어겠지만, 각자의 필요와 취향에 따라 다른 외국어가 대상이 될 수 있다. 또 공부의 목표도 취직이나 승진이 될 수도 있고, 혹은 개인적으로 자유롭게 원하는 국가들을 여행하고 싶다든지, 아니면 지적 호기심의 충족일 수도 있을 것이다.

그런데 매년 이렇게 많은 사람들이 외국어 공부를 시작하는 데 비해 뚜렷한 결과를 얻는 사람들이 그렇게 많지 않은 게 사실이다. 결심과 포기, 재결심과 재포기를 반복하다 이 외국어는 자기와 맞지 않는다며 다른 외국어로 갈아타기도 하다가, 최종적으로는 좌절감과 함께 한때 그런 공부를 했었다는 추억만을 간직한 채 공부 자체를 포기하게 되는 사람들도 허다한 것을 주위에서 쉽게 볼 수 있다.

이런 일들이 흔히 생기는 데에는 무엇보다도 언어 공부가 가지는 특성과 관련이 크다고 생각한다. 널리 알려진 바와 같이 어학 공부를 할 때의 실력 향상은 일정한 상승 커브를 지속적으로 그리는 것이 아니라 계단식으로 발전을 하게 된다. 다시 말하면 열심히 공부하더라도 반드시 내일이 오늘보다 낫고 다음 달이 이번 달보다 실력이 월등해지는 것은 아니라는 뜻이다. 심지어 어떨 때는 시간이 가는데도 오히려 실력이 떨어지는 것과 같은 느낌을 받을 때도 있다. 사실 어떤 언어를 1년 이상 열심히 공부하였는데 어느 날 갑자기 토요일, 일요일과 같은 가장 기본적인 단어가 기억나지 않으면 웬만해서는 좌절감을 극복하기가 쉽지 않다.

그러나 세상의 모든 이치가 그러하듯이 언어 공부는 노력한 만큼 반드시 발전을 하게 되어 있다. 따라서 일시적인 기복은 있을지언정 장기적인 관점에서는 자기도 모르는 사이에 어느덧 실력이 향상되어 있는 걸 느끼게 되는 것이다. 가파른 상승 커브든 계단식이든 결국은 위로 올라가게 되어 있다.

문제는 공부 발전의 단계에 있어 계단의 수평 부분, 즉 정체기 부분에 있을 때다. 물론 이 정체기는 사람에 따라 짧을 수도 길 수도 있다. 그런데 누구나 일시적인 한두 차례의 단기간 정체는 잘 넘길 수가 있지만, 그 이상을 넘어서는 침체기는 견디기 힘들어한다.

예를 들어 한 일주일 정도 공부에 큰 발전이 없다고 해서 금방 실망하는 사람은 많지 않다. 대부분 웬만해서는 그 후를 기약하며 공부를 이어간다. 그러나 만일 이러한 기간이 두 달이 되고 세 달이 되면 회의감이 서서히 스며들게 된다. 심지어 그동안 기껏 외워두었던 단어나 문법이 일순간 기억에서 사라지게 되면 이러다간 실력이 발전하기는커녕 오히려 그간 배운 것마저 잊어버리게 되지는 않을까 하는 좌절감에 빠져들기도 한다.

그래서 '역시 나는 안 돼!', '이 나이에 새삼 외국어 공부가 가당키나 한 말인가?', '차라리 이 시간에 딴 취미 활동을 할까?', '나는 생리적으로 외국어가 맞지 않아' 등의 갖가지 잡념이 생기게 되고, 마침내 모처럼의 공부에 종지부를 찍고 마는 것이다. 물론 그다음을 기약할 수는 있으나 외국어 공부는 그만두는 순간 화살 같은 속도로 망각의 저편으로 사라지기 때문에 그동안의 노력은 그야말로 거품같이 사라지게 된다.

따라서 외국어 공부에 있어 무엇보다도 중요한 것은 '자기 발전에 대한 확신'이다. 우리는 각종 스포츠 관련 뉴스들에서 흔히 슬럼프 극복이나 심리 조절(마인드 컨트롤) 같은 정신적인 면의 중요성을 강조하는 것을 볼 수 있고, 실제 이러한 정신적인 측면이 승부의 결과에 큰 영향을 미치는 것을 알고 있다. 슬럼프가 오는 것 그 자체를 피할 수는 없으나 가장 중요한 점은 이를 극복하느냐 못 하느냐에 달려 있기 때문이다.

외국어를 공부할 때도 슬럼프, 즉 정체기가 반드시 오게 되어 있다. 그런데 앞서 계단식 이론에서도 잠시 언급하였지만, 누구나 공부를 하는 과정에서 어느 날 갑자기 그동안 제대로 들리지 않던 부분이 들리기 시작하고 한동안 어렵게 생각되던 글들이 뜻밖에 용이하게 해석되는 것을 경험하게 된다. 즉, 자기도 모르는 사이에 계단 하나를 넘어서게 되는 것이다. 문제는 노력만 하면 누구나 넘게 되는 그 계단을 시간이 조금 지체된다고 해서 포기하고 마는 것이다.

당장 내일 또는 다음 달에 지금 배우는 외국어를 가지고 입학시험이나 취직시험을 치러야 하는 절박한 사정만 아니라면, 꾸준한 노력의 결과로 반드시 발전이 있을 수밖에 없다. 따라서 절대 중간에 포기하는 일은 없어야 한다. 다시 말하면 비록 내일이나 다음 달에는 모르더라도 그 과정만 묵묵히 넘기게 되면 한 단계 한 단계 계단을 통과하여 1년 후

2년 후 반드시 발전을 이룰 수밖에 없는 것이다.

결론적으로 자기 발전에 대한 신념과 확신에 바탕을 둔 노력만이 외국어 공부에 있어 최종적인 승자를 만든다는 사실을 명심하여야 할 것이다.

버릴 것은
버릴 줄 아는 지혜

많은 사람들에게 외국어 공부의 최종 목표는 해당 언어를 원어민처럼 사용하는 것이다. 단순히 듣고 말하는 수준을 뛰어넘어 세밀하게 언어를 구사하거나 발음조차 원어민과 구별이 안 될 정도로 완벽해지는 것이 소원인 사람도 있다. 이러한 목표는 당연히 훌륭한 것이며, 이를 위해 노력하는 것이 마땅하다. 다만 처음부터 목표를 이런 식으로 너무 완벽하게 설정하면 그만큼 좌절과 포기의 가능성도 커질 수 있다.

나는 널리 알려진 대로 운동을 좋아한다. 그런데 주변에서 처음부터 지나칠 정도로 세심하게 준비를 하고 시작하려는 사람들을 종종 보게 된다. 복장, 신발은 말할 것도 없고 호흡법, 운동 자세, 운동 방법, 운동 시간 배분, 식이요법 등 어느 것 하나 빠뜨리지 않고 세세하게 따지면서 운동에 임하는 것이다. 그리고 이 과정에서 어떤 나름대로의 기준에 충족되지 못하면 본인 스스로가 먼저 힘들어하면서 지치고 마는 경우를 자주 본다.

이와 반대의 경우를 보자. 시작할 때의 준비도 완전하지 못하고 실제 운동 과정도 대충 허점이 있어 보이나 오히려 꾸준히 운동을 이어나가는 사람들이 있다. 이런 사람들일수록 운동의 효과를 누리면서 점차 부족한 점을 차곡차곡 메워나가는 것을 보게 된다. 물론 이론적으로는 전자의 사람들이 이상적일 수는 있으나 현실적인 측면에서 볼 때 지나치게 완벽해지려는 것이 오히려 꾸준한 지속을 방해하는 경우도 많은 것이다.

어학 공부 역시 마찬가지라고 생각한다. 발음 문제 같은 것이 대표적이다. 예를 들어 스페인어의 'rr' 발음은 우리나라 사람들에게는 어렵기로 유명하다. 일반적인 'r' 발음도 우리말의 'ㄹ'을 성대를 진동시키면서 해야 하는 어려움이 있는데, 이보다 더 길게 성대를 계속 진동시키면서 'ㄹ' 발음을 내야 하는 'rr'은 엄청난 훈련을 요한다.

그런데 스페인어를 처음 배우는 사람의 입장에서 이 발음을 잘하면 무엇보다 좋겠지만 그렇다고 제대로 못 한다고 해도 큰 문제가 될 것은 없다. 즉, 스페인어를 배우는 초기에는 이런 부분은 과감하게 버리고 그다음으로 넘어간 뒤 훗날 어느 정도 공부에 자리가 잡힌 다음에 그때 가서 보완해나가는 것이 훨씬 효율적이다. 그렇지 않으면 공부 초기에 괜한(?) 일에 많은 시간을 쏟게 되고, 또 그 과정에서 결과가 여의치 않을 경우 공부에 흥미를 잃을 수도 있기 때문이다.

이런 예들은 수도 없이 많다. 프랑스어의 비음, 일본어의 유성음, 중국어의 권설음 같은 것들이 모두 이런 예에 해당한다고 볼 수 있다. 어떻게 생각하면 외국어는 적절한 의사소통이 중요한 것이지 원어민의 발음을 똑같이 내는 것이 중요한 것은 아니다. 이런 측면에서 최근 영어에서도 독특한 억양을 지닌 인도식 영어라든지 아프리카식 영어도 그 자체의 한 방언쯤으로 인정해주고 있는 분위기다. 따지고 보면 영국식 영어와 미국식 영어도 확연히 발음이 다르지만, 어느 쪽이 옳다고 말할 수는 없지 않은가?

외국어 공부에서 필요에 따라 과감하게 버려야 되는 영역이 비단 발음 부문에만 국한되는 것은 아니다.

단어 공부에서의 예를 들어보자. 우리가 외국어 학습을 할 때 흔히 처음 배우게 되는 이른바 기본 단어라는 것이 있다. 이를테면 1, 2, 3, 4 같은 숫자라든지 요일, 달, 인척 관계를 나타내는 단어들이 그런 것이 될 수 있다. 그런데 공부를 하다 보면 처음 몇 번이고 외웠던 이러한 기본 단어들이 갑자기 기억나지 않는 경우가 종종 있다.

말하자면 핵무기, 낙관주의, 경제 위기 같은 어려운 단어는 기억하면서 일상생활에서 반드시 필요한 단어들은 기억이 나지 않는 경우이다. 이럴 때 '이런 말도 기억이 나지 않는다니……' 하고 실망하면서 앞으로의 공부 전망에 회의감을 가지게 되는 경우가 많다. 그러나 사실 엄밀히 따지고 보면 배워야 할 단어들에 특별한 순서가 정해져 있는 것은 아니다. 가령 봄, 여름, 가을, 겨울의 모든 단어를 기억하는 사람만이 철학과 윤리라는 어려운 단어를 기억할 자격이 있는 것은 아니라는 뜻이다.

이런 관점에서 보면 어학 공부를 할 때 기본적인 부분에서 설령 중간에 생각나지 않는 것이 있다고 하더라도 이에 너무 연연하거나 위축되지 말고 과감하게 버릴 것은 버리고 그다음 단계로 나아갈 필요가 있다. 모자라는 부분은 결국 나중에 다시 돌아와서 배우면 그만인 것이다.

문법 또한 마찬가지다. 가령 프랑스어나 스페인어 동사를 배울 때 접속법에 대해 어려움이 느껴지면 여기에 공연한 시간을 잡아먹거나 심지어 지쳐 포기하지 말고 이를 과감하게 생략하고 다음으로 넘어가면 그만이다. 어학 공부는 마지막에 가서 완성되면 되는 것이지 처음부터 반드시 순서대로 어떤 과정들을 지켜나가야 한다는 규칙은 없기 때문이다.

자, 어떤가? 어학 공부처럼 그 끝이 사실상 없다고 보아도 좋을 평생의 공부에 있어서는 이렇게 버릴 것은 버릴 줄 아는 지혜야말로 궁극적으로 자기가 바라는 성과를 거두는 데 있어 더없이 중요한 비결이지 않겠는가?

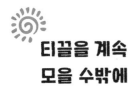

티끌을 계속
모을 수밖에

아주 오래전 한 지상파 TV에서 러시아 연해주에 사는 고려인들에 대한 다큐멘터리를 방영하였다. 러시아에서 태어나 삶을 꾸려나가고 있는 그들은 당연히 러시아어를 그들의 제1모국어로 사용하고 있었다. 그러나 어느 정도 나이 든 사람들은 조선족이라고 불리는 재중동포들처럼 취재진과 한국어로 웬만한 의사소통이 가능하였다. 비록 "고려 말은 하지만 한국말은 잘 모른다"라는 언뜻 이해하기 쉽지 않은 표현이 있었지만, 대부분 우리나라 기자의 다양한 질문에 대해 어렵지 않게 응답을 하였다.

그런데 기자와의 인터뷰에서 민들레, 청국장, 취나물 등 어려운(?) 우리말 어휘들을 막힘없이 사용하던 한 아주머니가 어느 순간 갑자기 옆에 있는 사람에게 러시아 말로 '먹는다'라는 말을 한국어로 무어라고 하는지를 묻는 것이었다. 옆 사람이 알려주자 그 아주머니는 "아!" 하며 다시 유창한 한국말을 이어나갔다.

또 다른 예로 부친의 직장 관계로 스페인에서 태어나 그곳에서 고등학교까지 다니다 의과대학 진학을 위해 국내에 오게 된 한 여학생이 있었다. 한국에 온 지 6년 가까이 되어 당시 의대 4학년이었던 그 학생은 대화 중 스페인어 단어들을 꽤 많이 잊어버려 순간순간 일상적인 단어들도 떠오르지 않을 때가 많다고 실토하였다.

물론 한국 생활에 잘 적응하기 위해 우리말 공부도 열심히 했을 것이고, 의대 과정을 잘 따라잡기 위해서 영어 공부에도 남달리 집중했을 사정도 있을 것이다. 또 스페인어의 경우 영어와 달리 우리나라에서는 사용할 기회가 전혀 없다는 문제도 있을 것이다. 그러니 한때는 일상으로 사용하던 스페인어가 한국에서의 짧지 않은 생활로 점점 기억에서 사라질 수밖에 없게 된 것이다.

이러한 예들을 보고 있노라면 새삼 '아! 언어라는 것이 바로 이런 것이구나!' 하고 다시 느끼지 않을 수 없게 된다. 사실 우리가 다른 기억은 희미해지는 한이 있더라도 어떤 경우에도 '먹는다'와 같은 기본적인 말들을 잊지 않는 것은 한국어가 우리가 태어나고 자라면서 듣고 말하고 지낸 언어이며, 지금까지 의식하든 하지 않든 간에 매일매일 그 수준을 꾸준히 유지해나가고 있기 때문이다.

이치는 간단하다! 말이라는 것은 하면 늘고, 하지 않으면 줄기 마련이다. 그것이 비록 모국어라도 한동안 사용하지 않는다면 정도의 차이는 있겠지만 일정 부분 언어 구사 능력이 감퇴하는 것은 어쩔 수 없는 일이다. 일례로 오랜 기간 동안 묵언수행을 끝낸 스님들의 경우 처음에는 무척 어눌해진 것을 느끼게 된다고 한다.

외국어를 유창하게 구사하는 사람들을 보면 공통된 특징이 있는 것을 알 수 있다. 즉, 외국어를 처음 습득한 과정은 비록 다를지언정 현재 상황에서 그 언어들을 지속적으로 유지할 수 있는 장치들을 갖고 있는 것이다. 사업상 해당 언어의 사람들과 지속적인 접촉을 해야 한다든지, 아니면 직업 자체가 통역사나 관광 가이드와 같이 그 언어를 계속 사용할 수밖에 없는 환경에 처해 있는 경우들이다.

또 여러 국가들이 국경을 맞대고 다양한 방면에서 인적 교류가 활발한 유럽 국가들의 경우, 외국어 능력 유지가 우리 입장에 비해 상대적으로 용이할 수밖에 없다. 더구나 그들 언어 사이에는 유사성까지 많아 배우고 유지하기가 더욱 편할 것이다. 아마 유럽 지역에서 특히 다중언어 능력자가 많이 발견되는 것도 이런 이유 때문일 것이다.

그러면 과연 이렇게 일상생활 중에 자연스럽게 해당 외국어를 접할 수 없는 일반적인 사람들은 어떻게 언어 능력을 유지할 수 있을까?

원칙은 너무나도 간단하다.

'매일 조금씩이라도 꾸준한 공부를 통해 유지하는 것이다.'

그러나 이 간단한 원칙을 지키는 것이 얼마나 어려운지는 특별한 설명이 없어도 누구나 직간접적으로 절실히 느끼고 있을 것이다. 사실 웬만한 우리나라 사람들이 한때는 꽤 정성을 쏟았을 영어만 놓고 보아도 이 간단한 원칙 하나를 제대로 지키지 못해 지금 이 순간까지 수많은 사람들이 쓰라린 좌절감을 맛보고 있다고 하여도 과언이 아닐 것이다.

　　그럼에도 불구하고 외국어 공부에 있어 우리가 간직해나가야 할 기본 원칙은 명백하다. 태산을 손쉽게 만들 수 있는 기중기 또는 타고난 재능이 없다면 그냥 꾸준히 손으로 티끌을 모아나가는 수밖에 없다. 중간에 잠시 쉬어서도 안 된다. 애써 모아놓은 티끌들은 그 자리에 그냥 머물러 있지 않고 시간이라는 거센 바람에 속절없이 날아가 버리기 때문이다. 결국 일반적인 외국어 학습자들에게는 어떤 경우에도 '중단 없이 꾸준히 티끌들을 모아나가는 것' 그 이외의 해답이나 비결은 존재하지 않는다.

Chapter 6

시니어를 위하여

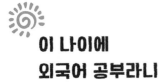

이 나이에
외국어 공부라니

어른이 되면 외국어 배우기가 어린이보다 어려워진다는 것은 상식에 속하는 이론일지도 모른다. 군이 복잡한 학문적 논거를 제시하지 않더라도 우리 주위의 무수한 직간접 경험들이 이를 잘 증명해주고 있기 때문이다.

이와 관련하여 57세 중년 미국 남자의 좌충우돌 프랑스어 도전을 그린 『Flirting with French』란 책이 있다. 우리나라에서도 2017년 『나이 들어 외국어라니』(윌리엄 알렉산더 지음, 바다출판사 펴냄)라는 이름으로 번역 출판되었는데, 저자는 때로는 언어 전문가의 입을 통해 또 때로는 자신의 입을 통해 나이가 들어서 외국어를 공부한다는 것이 얼마나 어려운 일인가를 다음과 같이 반복하여 표현하고 있다.

내가 꽉 찬 쉰일곱인 건 사실이다. 이 나이에 프랑스어를 능숙하게 구사하는 건 쉽지 않을 것이다.

사춘기가 지난 학생의 경우 '아주 적은 수'만이 외국어를 원어민에 가깝게 숙달할 수 있고, 원어민처럼 유창하게 하는 사람은 단 한 명도 없다고 단언했다.

사춘기가 지나면 제2언어 습득 능력이 현저하게 감소하고 매년 계속 더욱 저하된다고 설명했다.

나는 버드송(언어학자)에게 '외국어 습득에 성공한 58세 남자' 사례가 있는지 물었다. 버드송이 고개를 절레절레 흔들었다.

도대체 밑 빠진 독에 물 붓기 같은 이 시시포스의 과업에 얼마나 더 돈과 시간을 퍼부어야 한단 말인가?

또 MIT 연구진이 2008년 『Cognition(인지)』이란 학술지에 발표한 논문에 의하면, 적어도 10세 이전에는 해당 외국어 공부를 시작해야 원어민 수준으로 언어를 구사할 수 있는 것을 기대할 수 있고, 17~18세가 지나면 높은 수준의 언어 습득에는 한계가 있는 것으로 보고되고 있다.

여기서 외국어 공부에 있어 어린이들의 장점을 요약하자면 다음과 같은 세 가지를 들 수 있을 것이다.

1 인지적(cognitive) **측면**

어린이들의 뇌는 스펀지와 같아서 새로운 정보를 받아들이는 흡수 능력이 어른과는 비견될 수 없다. 또 어른들의 경우 드물게 높은 수준의 언어 구사 능력을 갖추게 되더라도 발음에 있어서는 결코 원어민 수준에는 이르지 못한다.

2 동기 부여적(motivational) **측면**

어른들은 자신이 왜 굳이 외국어를 공부해야 하는지 구체적인 동기를 찾기가 쉽지 않다. 반면 어린이들이나 젊은이들은 닥쳐오는 각종 시험과 입시, 그리고 취업 등이 직접적이고도 강력한 동기 부여가 된다. 특히 어린이들의 경우 부모의 '푸시'가 꽤 큰 동기 부여가 되고 있다.

3 구조적(structural) **측면**

특별히 가난한 나라에서 태어난 경우가 아니라면, 우리나라 어린이들처럼 기본적으로 외국어를 공부할 수 있는 구조적 환경이 주어진다. 즉, 마음만 먹으면 하루 생활 중의 상당 부분을 공부에 할애할 수 있다는 뜻이다. 반면 어른들은 직장, 육아, 사회생활 등으로 공부에 필요한 시간을 찾는 데 상대적으로 어려움을 겪는다.

그렇다고 해서 어른들의 외국어 공부에 단점과 한계만 있는 것은 아니다. 외국어 학습에서 어른들의 장점 역시 비슷하게 다음과 같은 세 가지로 요약할 수 있다.

■ 인지적(cognitive) 측면

외국어 학습의 인지학적 측면에 있어 어른들이 어린이들에 비해 일방적으로 불리한 위치에 있는 것만은 아니다. 어른들은 비록 새로운 것을 받아들이는 속도는 뒤지더라도, 새롭게 배우는 내용을 본인의 다양한 경험을 바탕으로 효율적으로 자기 것으로 만들어나가는 능력에서 앞선다. 어휘 시험에서 어른들이 종종 어린이들을 앞서는 것도 이런 능력의 한 단면으로 볼 수 있다.

■ 경험적(experiential) 측면

인지학적 측면과는 또 다른 측면에서 어른들의 경험은 외국어 학습에 다각도로 도움이 될 수 있다. 예를 들어 외국 노래, 외국 영화, 역사 지식, 사회 상식 등등 모든 분야에서의 앞선 경험은 그 자체로 새로운 언어를 배우는 데 있어 강력한 보조 무기가 될 수 있다.

3 맥락적(contextual) 측면

어른이 되면서 자연적으로 갖추게 되는 지식, 그리고 추론과 판단 능력은 외국어로 된 어려운 문장이나 개념을 접했을 때 어린이들에 비해 훨씬 쉽게 그 뜻을 파악할 수 있게 해준다. 말하자면 어린이들이 보다 정확한 발음으로 문법적으로 맞는 문장을 구사하는 능력이 앞선다면 어른들은 보다 어려운 개념의 문장들을 더 잘 이해하는 능력에서 앞설 수 있다.

결국 외국어 공부에 있어서는 어른과 어린이 사이에 차이점이 있다는 것을 부인할 수 없다. 하지만 이를 어떤 우열 관계로 볼 것이 아니라 공부하는 방법론에 있어서의 차이로 접근하는 것이 옳지 않으냐는 생각이 든다. 무엇보다도 개인적인 직접 경험을 바탕으로 이야기하자면, 어른들도 외국어 학습에 있어 자신들의 장점들을 잘 살릴 수 있는 방면으로 공부해나간다면 얼마든지 의미 있는 성과를 거둘 수 있다. 드러나는 당장의 결과에 주눅 들지 말고 인생의 오랜 경험을 바탕으로 '계속해나가면 언젠가는 이루어진다'라는 정신을 마음에 담기만 하면 말이다.

시니어들이 외국어 공부를
해야 하는 이유

어린이와 청년층의 외국어 공부 필요성에 대해서는 특별한 설명이 따로 필요 없다. 그런데 나이 든 사람들은 과연 어떨까? 딱히 외국어 공부를 해야 할 동기 부여가 되는 것이 있을까? 만일 외국어 공부가 특별한 목표가 없는 그냥 단순한 소일거리에 지나지 않는다면, 그것에 들이는 시간과 노력, 그리고 돈에 대한 가성비에 대해 진지하게 한번 생각해보아야 하지 않을까?

최근 몇 년간 '시니어 어학연수'라는 키워드가 은근히 세간의 관심을 끌고 있는 모양이다. 아마도 어느 정도 경제력을 갖추고 있으면서 과거 어학연수라는 기회를 가질 수 없었던 베이비붐 세대의 은퇴에 맞추어 많은 관련 업체들이 다양한 상품을 내놓는 것이 큰 이유 중의 하나로 생각된다. 다만 어학연수라는 진정한 의미를 달성하기에는 언뜻 보아도 무리가 있어 보이는 프로그램들이 종종 눈에 띄어 아쉽다.

어쨌든 이런저런 측면에서 이 기회에 시니어의 외국어 공부 필요성에 대해 생각을 정리할 시간을 가져보기로 하겠다.

■ 치매 예방의 효과

시니어 계층에게는 무엇보다도 솔깃하고 동기 부여가 되는 이유가 아닐 수 없다. 치매 예방을 위해 고스톱을 친다는 핑계까지 있는 판에 우아하고 품격도 있으면서 보람도 남다른 외국어 공부를 통해 치매까지 예방할 수 있다면, 가히 일석이조가 아니겠는가? 다만 최근 많은 관련 연구들이 외국어 공부의 치매 예방 효과에 대해 긍정적인 결과들을 내놓고 있기는 하지만, 아직까지는 불확실한 부분도 많고 설령 관련성이 있다 하더라도 그 정확한 기전은 모르고 있는 상태다.

❷ 해외여행의 즐거움을 배가한다

'아는 만큼 보인다'라는 말은 새길수록 그 가치가 느껴진다. 오늘날 패키지여행을 통해 가이드의 도움을 받아가며 편안히 여행을 할 수 있는 방법도 있고, 간단한 단어 몇 가지와 손짓·발짓으로 무장하고 여행을 성공적으로 마쳤다는 무용담들도 적지 않다.

물론 이런 여행들도 나름대로 충분한 가치가 있지만, 아무래도 해당 국가의 언어를 이해하는 상태에서 하는 여행과는 비교가 안 될 것이다. 언어를 알면 알수록 더 많이 보이고 더 많이 들리고 더 많이 느껴지기 때문이다. 더구나 시니어 계층은 젊은이들이 갖지 못하는 '여유 있는 시간'이라는 무기가 있다. 이 시간을 외국어 공부에 활용하여 '아는 만큼 보이는 세계'에 한번 들어가 보는 것은 어떤가.

❸ 인문학적 희열을 선사해준다

최근 부쩍 인문학적 사고와 지식의 필요성이 강조되고 있다. 이는 기계처럼 돌아가는 메마른 현대사회에서 삶을 매끄럽게 만들어줄 효율적인 윤활유를 찾는, 논리적이고도 자연적인 과정으로 생각된다.

이런 인문학적 소양을 제공해주는 매개체에는 철학, 문학, 역사 등 여러 분야가 있을 것이다. 그런데 외국어 공부 역시 이들 분야에 못지않게 중요한 인문학적 지식의 공급원이 될 수 있다. 어떻게 생각하면 보다 더 풍부하고 더 다양한 인문학적 시각을 학습자에게 선물해줄지도 모른다. 외국어 공부를 통해서 자연스럽게 각종 문화, 역사, 다른 생활방식, 다른 사고방식 등을 배우고 이해할 수 있는 기회가 마련되기 때문이다.

❹ 생의 중요한 활력이 된다

'사는 것이 도대체 재미가 없다', '하루하루가 따분하고 의미가 없어 보인다', '오늘은 또 어떻게 지내야 하나' 이런 종류의 한탄을 주위에서 종종 듣게 된다. 물론 사람에 따라 다르겠지만 아무래도 이런 느낌은 나이가 들어가는 것과 정비례하기 십상이다.

외국어 공부는 이런 일상생활의 나태함, 무료함을 일시에 제거해줄 역량을 가지고 있다. 공부를 시작하는 순간에는 새로운 것에 대한 긍정적 전율을 느낄 것이며, 지속하는 동안에는 매일매일 즐거운 긴장감을 느끼게 될 것이다. 그리고 어느 날 문득 자신의 발전을 볼 때는 말로 쉽게 표현할 수 없는 생의 활력을 체험하게 된다.

❺ 자신감을 가지게 해준다

사람이 살아가는 데 있어 '자신감'만큼 중요한 것도 없다는 생각이 들 때가 많다. 자신감을 잃으면 우울하게 되고, 우울하게 되면 각종 정신적·육체적 질병에 걸리기 쉬워지는 것은 자명한 일이다. 자신감 상실은 누구에게든, 그리고 언제 어느 때든 올 수 있는 일이지만, 특히 나이든 사람은 더욱 조심해야 한다. 그렇지 않아도 자연적인 신체상의 쇠퇴에 따른 상실감이 큰데 정신적 자신감까지 잃게 되면 그야말로 날개 없이 추락하는 형국에 빠지게 된다.

이럴 때 외국어 공부는 자신감 회복에 큰 도움이 될 수 있다. '나도 외국어를 할 수 있다', '나도 새로운 도전을 할 수 있다 또는 하고 있다', '나도 아직 공부를 할 수 있는 지적 여력이 있다'. 어떤가, 생각만 해도 자신감이 불끈 솟아나지 않는가?

외국어 공부와
치매 예방

기억의 시간은 더디고 망각의 시간은 언제나 빠르다. 외국어 학습자들, 특히 시니어 계층에게 외국어를 배우는 이점 중에 가장 매혹적이고 강한 동기 부여가 되는 것은 치매 예방에 도움이 될 수 있다는 주장일 것이다. 개인적으로 뇌과학에는 특별한 식견이 없지만, 6개 국어 구사자로서 또 오랜 기간 의대 교수 생활을 한 사람으로서 자연스럽게 이런 주제에 관심이 가지 않을 수 없다.

그런 의미에서 이번에는 관련된 학술적 내용들을 찾아서 단편적으로나마 소개해보고자 한다. 물론 의학 관련 논문은 항상 날카로운 비판이 수반되는 영역이다. 어떤 논문이 공식 학술지에 발표되었다고 해서 그 주장과 내용을 사실화해주는 것은 아니라는 의미다. 비유를 하자면,

논문 하나하나는 진실의 숲속에 존재하는 하나의 나무와 같은 것이다. 말하자면 결국은 숲 전체를 넓게 보아야만 진실을 보게 되는 것이다.

일단 관련 학술 논문 검색은 리뷰 논문을 통하기로 했다. 리뷰 논문들은 비록 저자의 직접 연구 결과를 담고 있지는 않지만 관련 주제에 대해 광범위한 선행 조사 연구 결과들을 대신 정리 요약해주기 때문에 후속 연구자들에게는 연구 방향에 대한 좋은 참고 자료가 되는 경우가 많다. 이런 관점에서 비교적 최근에 발표된 두 편의 리뷰 논문을 소개하겠다.

첫 번째 논문은 2018년 체코의 언어학자인 Blanka Klimova가 발표한 것으로 제목은 「외국어 학습: 건강한 시니어 계층에서 인지능력 향상 효과에 관한 최근 발표 논문들의 리뷰」이다. 풀어서 말하자면 나이 든 사람들이 외국어 공부를 하는 것이 과연 인지능력 향상에 도움이 되는지에 관해 지금까지 발표된 각종 연구 결과들을 종합 정리한 것이다. 참고로 치매 환자는 인지 기능의 저하가 주된 증상이기 때문에 이 논문은 외국어 공부와 치매 예방이라는 주제와 밀접한 연관이 있다고 볼 수 있다. 이 논문의 내용을 요약해본다.

치매는 오늘날 심각한 의료 문제가 되고 있다. 이에 많은 국가들이 치료 약제를 개발하려고 애를 쓰고 있지만 아직은 뚜렷한 성과가 없어, 장차 막대한 사회적 경제적 부담으로 자리 잡을 위험성이 크다. 그래서 나오고 있는 대안이 비약물 치료법이고 외국어 학습은 그 중 하나다. 모두 26편의 관련 논문을 분석한 결과, 나이 든 사람들의 외국어 공부는 전반적으로 인지 기능의 향상, 자존심의 증가, 사람과 어울리는 사교 기회 증가 등의 역할을 하는 것으로 보인다. 한 논문에서는 사회비용적 측면에서 외국어 공부가 공중보건에 이바지할 것이라고 주장하기도 한다. 그러나 다중언어 구사자와 치매 발병률의 특별한 연관성을 발견하지 못했다는 결과를 발표한 논문들도 있는 데다, 육체적 활동과 연관된 인지능력 향상에 관한 연구들에 비해서는 아직까지 외국어 공부에 관련된 연구의 수가 적어 확실한 결론에 도달하기는 어렵다.

(참고 문헌: Blanka Klimova, 「Learning a Foreign Language: A Review on Recent Findings About Its Effect on the Enhancement of Cognitive Functions Among Healthy Older Individuals」, Front Hum Neurosci 2018 Jul 30)

두 번째 논문은 한국인 학자들도 포함된 다양한 국적의 저자들이 2019년 발표한 논문으로, 제목은 「이중언어 구사자와 인지력 저하, 그리고 치매 발병 사이의 상관관계에 대한 체계적 리뷰」이다. 말하자면 이중언어 구사자가 단일언어 구사자에 비해 치매 발병이나 인지력 향상 측면에서 유리한 점이 있는가를 파악해보기 위해 이때까지 발표된 논문들을 분석한 것이다. 모두 34편의 관련 논문들을 분석한 것인데 분석 내용은 다음과 같다.

이중언어 구사자에게 나이에 따른 인지력 저하를 막아주는 효과가 부분적으로 관찰되지만 일관적이지는 않다. 이민 문제, 개인적 상황 등 복잡한 요소들이 얽혀 있기 때문이다. 그리고 몇몇 논문에서 이중언어 구사자의 치매 발병 연령이 그렇지 않은 경우보다 4년에서 5.5년 늦다는 조사 결과를 발표하고 있으나, 조사 방법론 차이 등의 문제로 결론은 명확하지 않아 보인다. 결론적으로 이중언어를 구사하면 치매 예방 효과가 있다는 일부 증거는 있어 보이나 아직까지 정확한 결론을 내릴 수는 없다.

(참고 문헌: 「A Systematic Review on the Possible Relationship Between Bilingualism, Cognitive Decline, and the Onset of Dementia」, Behav Sci 2019 Jul; 9(7): 81.)

논문의 내용에 이미 구체적인 설명이 들어 있는 것과 마찬가지기 때문에 특별히 추가 설명은 하지 않겠지만, 이 글을 읽는 독자분들에게 '외국어와 치매 예방'이라는 주제에 대한 이해에 조금이라도 도움이 되었기를 기대한다.

숙성의 미학

세상에는 정말로 많은 종류의 술이 있다. 술에 대해 웬만큼 박식하다는 사람들도 그 절반 정도를 생각해내기가 쉽지 않을 정도. 그나마 우리나라는 술 종류 자체는 다양하지 않은 편인데, 구미권 국가를 여행하다 큰 슈퍼마켓을 방문할 경우 주류 진열대에서 엄청난 양의 다양한 술들을 보고 놀라게 된다.

그런데 이렇게 수많은 종류의 술들에서 어느 것이 고급이냐 아니냐를 따지는 기준은 뜻밖에 간단하다. 물론 술의 재료나 제조 방법 같은 것도 고급술 여부의 판단에 중요한 요소임에는 틀림이 없다. 하지만 가장 중요한 기준은 바로 술의 숙성 과정에 있다.

말하자면 어떤 술이 숙성 과정을 거쳤느냐 거치지 않았느냐, 또 숙성 과정을 거쳤으면 얼마 동안 어떤 식으로 거쳤느냐에 따라 고급술의 여부가 결정된다는 뜻이다. 그리고 이런 술의 숙성 과정은 오크통과 같은 제대로 된 나무통에서 일정 기간 이상 술을 저장하면서 이루어지게 된다.

세계적으로 숙성 과정을 반드시 거치는 술 중에서 대표적이면서도 유명한 것으로 위스키와 코냑이 있다. 기본적으로 위스키는 곡물을, 코냑은 포도를 일단 발효시키는 단계를 거친 뒤, 후차적인 증류를 통해 높은 알코올 도수의 술을 얻는 과정을 거치게 된다. 보다 쉽게 설명하자면 맥주를 증류하면 위스키가 되고, 와인을 증류하면 코냑이 되는 셈이다.

그런데 이렇게 증류 직후 얻게 되는 술은 우리가 알고 있는 위스키와 코냑과는 거리가 멀다. 고급술과는 아무런 관계가 없는, 단순히 투명한 색깔에다 거친 느낌의 풋내기 술에 지나지 않기 때문이다. 그런데이 세련되지 못한 바탕술들을 나무통 속에 짧게는 수년, 길게는 수십년 담아두면서 진정한 의미의 명품술로 둔갑시키는 것이 바로 숙성이라는 과정인 것이다.

말하자면 숙성 과정을 통해 술이 거친 나무 표면으로부터 끊임없는 자극과 상처를 받아가며 그 진정한 맛과 깊이를 더해가게 되는 것이다. 다르게 표현하면 술에다가 세월의 풍상을 겪게 하는 것이라고 말할수 있다. 그리고 이 시기를 견뎌야만 비로소 위스키와 코냑이라는 영광스러운 이름으로 불릴 자격을 얻게 되는 것이다(이런 기본 원칙은 엄격함이나 구체적인 세부 사항만 다를 뿐이지 테킬라나 럼과 같은 다른 증류주에서나 와인 같은 발효주에서도 마찬가지로 통용된다).

　이는 어떻게 생각하면 우리네 인생과도 전혀 다를 바가 없다. 까칠한 나무통은 바로 우리가 매일같이 영위해나가고 있는 사회와 다를 것이 없다. 여기서 오래 숙성된 술은 인생의 온갖 단맛, 쓴맛을 맛보아가며 인생의 깊은 뜻을 이윽고 체득한, 그윽한 중장년이나 원숙한 노인과 같은 셈이다.

　그런데 이들 술이 나무통의 좋은 향과 오묘한 풍취를 받아들이면서 매력적인 호박색과 함께 진정한 깊은 맛을 지니게 되는 동안에, 정작 그 자신은 세월의 풍상 속에 어쩔 수 없이 몸이 점점 오그라드는 것을 경험하게 된다. 즉, 술을 숙성시키는 과정에서 필연적으로 겪게 되는 '원래의 양이 줄어드는 현상'이 생기게 되는 것이다. 이를 과학적으로는 간단히 증발이라는 용어로 표현할 수도 있지만, 낭만적으로는 흔히 '천사에게 바치는 몫angel's share'이라고 한다.

　이 또한 우리네 인생과 다를 바가 없다. 시간이 가면서 술이 저절로 증발하듯이 우리 몸도 자연스럽게 약해지고 늙어가기 마련이다. 비록 그것이 자연적 퇴행 현상인지 아니면 천사의 몫이라는 말처럼 어딘가에 바쳐지는 신성한 되돌림인지는 우리로서는 알지 못할지언정 말이다.

　자, 어떤가? 결국 우리가 가장 높이 평가하고 있는 술들은 이들 노쇠한 술들이 아닌가? 비록 세월의 풍상 속에 그 육신은 약하고 오그라 들었지만, 그 안에 녹아 있는 세월의 깊이야말로 격조 있는 고급술의 가치이자 우리 인생의 진정한 멋일 것이다.

이런 의미에서 시니어들도 잘 숙성된 명품술과 같이 깊이 있고 맛깔스러운 맛에 대한 자부심을 잃지 말고, 육체적·정신적 마모에 대한 또 다른 각도에서의 정신적 수용 태도를 가다듬어볼 필요가 있지 않을까? 사람이 자연스럽게 나이가 들어간다는 것의 의미가 반드시 그렇게 부정적이기만 한 것은 아니기 때문이다.

시간은 나의 편!

나이가 들면서 사람들은 '이 나이에 새삼스럽게 무슨……'이라는 표현을 자주 쓴다. 또 '내가 10년만 젊었어도……'라고 시작하는 농담도 흔히 한다. 그런데 어떤 일을 하는 데 과연 '늦다'라는 기준은 무엇일까? 과연 그러한 절대적인 산술적 기준이 있는 것일까?

세월이 갈수록 우리는 '늦었다고 생각할 때가 가장 빠르다'라는 격언에 공감하게 된다. 어쩌면 앞의 질문에 이보다 더 적절한 답변은 없을 것이다. 나 또한 이 말이 던져주는 맛깔스러운 철학에 항상 즐거운 자극을 받곤 한다. 오늘날 이른바 '액티브 시니어'라고 불리면서 각종 분야에서 노익장을 과시하는 이들이 얼마나 많은가?

일반적으로 학생으로서의 의무적인 학습 기간이 지난 다음에는 당장의 사회적 생존과 관계가 없는 한 새롭게 공부를 시작하는 것은 상당한 결심을 필요로 한다. 더구나 나이가 들면서 체력과 정신력이 조금씩 쇠퇴해가는 것을 느낄수록 '내가 지금 배워서 어느 세월에……'라는 회의적인 생각이 점점 더 강해지기 마련이다.

그러나 여기서 한번 발상의 전환, 즉 역발상을 해보자. 나이가 들수록 세월의 흐름이 빠르게 느껴진다는 것은 잘 알려진 사실이다. 어릴 때의 일주일이 마치 하루처럼 느껴지고, 한 달은 일주일과 같이 짧게 생각되는 것이다. 이런 현상은 일반적으로 뇌의 노화 작용으로 이미 경과한 시간들이 상대적으로 짧게 여겨지기 때문인 것으로 해석되고 있다. 그러나 여기에서 과학적 설명은 중요하지 않다. 나이가 들면서 세월이 빨리 가는 것처럼 느껴진다면, 분명 공부에 대한 성과가 나타나기까지도 시간이 빠르게 갈 것이다.

예를 들어서 어떤 외국어를 배우는 데 적어도 3년 정도는 지나야 수준 있는 대화가 가능하다는 이야기를 들었다고 하자. 젊은 시절에는 3년이란 세월이 까마득한 먼 훗날로 생각되어 미리 정신적으로 지치게 될 수도 있다. 하지만 세월의 빠름을 이미 절감하고 있는 나이 든 사람들은 그 3년이 어느 날 눈을 뜨고 일어나면 지나갈 세월이라는 것을 잘 알고 있다. 이 때문에 시니어의 입장에서는 마음먹기에 따라서 오히려 그 기간을 힘들어하지 않고 꾸준히 공부를 이어나갈 수 있는 정신적 지지대로 삼을 수도 있는 것이다.

그리고 또 하나, 시니어들은 젊은 사람들처럼 조급하지 않아도 되는 이점도 있다. 젊은 시절에는 시험, 유학, 취업 등의 단기간 목표가 있기 마련이어서 어쩔 수 없이 빠른 성과를 얻는 데 급급할 수밖에 없고 그만큼 조급한 심정으로 공부에 임하게 된다. 물론 이러한 간절함이 공부에 미치는 긍정적 효과도 크지만, 장기간 끈질긴 노력을 요구하는 어학 공부에서는 오히려 부정적으로 작용할 가능성도 많다.

이런 측면에서 보면 나이가 들어 자기 계발을 위해 외국어를 배우는 경우, 시간은 젊은이들의 것이 아니라 오히려 나이 든 사람들의 편이 될 수 있다. 그렇게 빨리 지나가는 세월이라면 10년 후인들 결코 먼 세월이 아닐 것이기 때문이다. 그리고 남부끄럽지 않게 노력만 했다면, 설령 10년 후에 현재 계획한 성과를 이루지 못하였다고 하더라도 또다시 10년을 투자하지 못할 이유가 어디 있겠는가?

'시간은 오히려 나의 편'이기 때문이다.

나 역시 2003년 일본어 공부를 시작으로 생계와는 전혀 무관한 4개 외국어 공부를 지금까지 이어오고 있다. 만일 그때 시작하지 않았더라면 지금 누리고 있는 조그마한 개인적 성취의 즐거움도 없었을 것이며, 또 앞으로의 10년, 15년을 설레는 가슴으로 기다릴 여지도 적었을 것이다.

무릇 배움에는 왕도가 없듯이 때도 없을 것이며, 화살처럼 지나가는 빠른 세월 속에 배움을 통해 오히려 지나가는 세월을 낚는 묘미를 맛볼 수 있을 것이다. 결국 오늘이 내 인생에서 가장 젊은 날이 아니겠는가?

나이는 그냥 숫자일까

십수 년 전 '나이는 숫자에 불과하다'는 말이 등장해 마치 요원의 불길처럼 우리들의 전통적 의식 구조 속에서 맹렬히 타오르기 시작하더니 오늘날까지 그 위세는 사그라들 줄 모르는 것처럼 보인다. 특히 '백년 장수 시대'라는, 불과 20~30년 전에는 꿈도 꾸지 못했던 개념이 보다 현실화되면서 이 표현이 주는 의미는 우리들의 삶 깊은 곳에서 더욱 강렬하게 다가오는 것 같다.

그러나 과연 그런 것인가? 나이는 단지 그냥 숫자에 지나지 않는 것인가? 이제 노인들도 마음만 고쳐먹으면 언제든지 젊은이들에게 뒤지지 않는 능력을 발휘하면서 그들에 못지않은 활약을 보일 수 있는 것인가? 조금 더 냉정하게 살펴볼 필요가 있다.

일반적으로 사람의 능력은 지적 능력과 육체적 능력 두 가지로 크게 나누어볼 수 있다. 그런데 이 중 육체적 능력은 나이와 거의 반비례한다는 것은 너무 명백한 사실이다. 아무리 애를 써도 그 시기를 약간 늦출 수는 있을지언정 결국은 한계가 있을 수밖에 없다는 이야기다.

일본이 낳은 세계적인 야구 선수 이치로는 자신의 등번호(51번)처럼 51세까지 현역 선수 생활을 이어나가겠다고 평소 입버릇처럼 말하곤 했다. 그리고 실제 초인적인 노력과 결과들을 보여주었다. 하지만 아쉽게도 나이에 따른 기량의 저하를 막을 수는 없어 46세에 은퇴할 수밖에 없었다.

과거 '할아버지 복서'라는 애칭으로 유명했던 전설적인 복서 조지 포먼도 그의 나이 만 45세 10개월에 역대 최고령 헤비급 챔피언에 등극하는 등 상상하기 어려운 능력을 보여주었지만, 일찍이 망가진(?) 아저씨 몸매를 과시하며 결국은 세월의 힘을 비켜 갈 수는 없었다.

그러면 그나마 시니어들에게 비빌 언덕처럼 보이는 지적 능력의 경우는 어떨까? 물론 사고력, 통찰력, 경험 등이 요구되어 시니어들에게 오히려 유리할 수 있는 분야들이 없지는 않지만, 전반적인 상황만 놓고 보면 체력 영역에 비해 그다지 나아 보이지 않는 것이 사실이다. 이는 최근 '시니어 몸짱들'이 등장하는 빈도나 속도에 비해 이른바 '시니어 뇌섹남'은 아주 드물다는 사실에서도 잘 드러나고 있다. 특히 요즈음 많은 관심의 대상이 되고 있는 '시니어 외국어 공부'의 경우에는 더욱 그런 취약점들이 부각되어 보인다. 개인적인 생각으로는 아마도 다음과 같은 3가지 중요한 원인이 있을 것으로 생각된다.

1 기억력의 저하

군이 치매와 같은 병적 상황을 거론하지 않더라도 일반적으로 나이가 들면서 기억력이 감퇴하는 것은 어쩔 수 없는 일이다. 어떻게 보면 자연스러운 과정으로 생의 한 부분이며 섭리로 받아들일 수밖에 없을 것이다. 그렇지만 사고력, 통찰력은 거의 중요하지 않고 오로지 기억력만이 빛을 발할 수밖에 없는 어학 공부와 같은 지적 영역에서 기억력의 감퇴는 시니어들에게는 당연히 치명적인 약점이 되지 않을 수 없다.

2 집중력의 저하

과거 50대 후반에 '1년에 4개 외국어 고급능력시험 합격'을 목표로 공부에 열중하였을 때 기억력의 감퇴보다 더 문제라고 절실하게 인식하게 된 것이 바로 집중력의 저하였다. 각종 모의시험에서나 실제 시험들에서 듣기는 말할 것도 없고 작문 영역에서도 일정 시간이 지나면 집중력이 흐트러지면서 '에이, 될 대로 돼라' 하는 심적 상태가 되기 일쑤였다. 나중에는 눈까지 침침해지려고 하니 '아, 이것이 바로 나이가 들었다는 것이구나' 하고 자인하지 않을 수가 없었다.

❸ 추진력의 저하

나이가 들면 들수록 아무래도 앞뒤로 재는 것이 많아진다. 물론 '신중하다'는 말로 포장할 수는 있지만, 다르게 표현하면 제대로 행동, 즉 실천에 옮기는 것이 없다는 뜻도 된다.

외국어 공부를 예로 들면 '이 나이에 무슨 외국어 공부를', '지금 배워서 어디에 어느 세월에 써먹으려고'라면서 이리 재고 저리 재는데, 이 모든 논리들이 결국 정신적 노쇠를 더욱 촉진하는 원인이 될 수밖에 없다.

"요즘 같은 노익장 세상에 이 무슨 찬물을 끼얹는 소리냐"라고 강한 반박을 할 수도 있을 것이다. 맞는 말이다! 나 역시 나이는 단지 숫자에 지나지 않는다는 정신 무장에는 큰 찬성의 지지를 보낸다. 그런데 거기에는 다음과 같은 몇 가지 전제 조건들이 필요하다고 생각한다.

❶ 반복을 마다하지 않는 정신

기억력의 자연적인 감퇴는 막을 수 없다. 그러나 중요한 것은 기억력 감퇴로 인해 공부의 효율이 떨어질수록 그만큼 반복을 통해 이를 만회하려는 노력을 하여야 한다는 것이다. 다르게 말하자면, 질이 떨어지면 양으로라도 승부를 걸 필요가 있다는 것이다.

② 달관을 실천하려는 정신

기억력과 마찬가지다. 세월의 흐름에 의해 집중력이 저하되는 것 자체는 어쩔 수가 없다. 그러나 시니어의 진정한 힘이 과연 어디에 있겠는가? 현실적인 어려움 하나하나에 너무 연연하지 말고 시니어 특유의 인생 경험을 바탕으로 달관한 자세로 집중력 저하에 여유를 가지고 맞설 필요가 있다. 까짓것, 집중력이 좀 떨어진들 긴 인생 대세의 흐름에 무슨 큰 문제가 되겠는가!?

③ 혜안을 가지려는 정신

일이 주저될 때는, 흔히 이야기하는 '오늘이 내 남은 생애에서 가장 젊은 날'이라는 사고방식을 상기할 필요가 있다. 특히 건전한 목적의 지적 활동을 결심했다면 '지금이야말로 새롭게 시작하고 도전할 최적의 때'라고 긴 안목으로 혜안을 가지고 과감하게 마음을 다잡을 필요가 있는 것이다.

자, 어떤가. '나이는 숫자에 불과하다'라고 외치려면 이런 정도의 노력과 마음가짐이 필요하다고 생각되지 않는가? 그렇지 않으면 '나이는 숫자'라는 구호는 막연한 정신 승리요, 자기 최면의 공허한 외침으로 끝나게 될 것이다.

에
필
로
그

우여곡절이라는 표현이 그대로 어울릴 정도로 파란만장했던 페루에서의 스페인어 연수가 끝이 났다. 애초 계획했던 3개월이 8개월이 되는 과정에서 쉽게 알 수 있듯이 미증유의 코로나19 사태라는 변수는 나름대로 치밀하게 짠 계획들을 일시에 무용화하였다. 기간이 늘어난 만큼 당연히 얻은 것도 있을 것이고 잃은 것도 있을 것이다.

생각해보면 나는 평생을 통해 당락을 가름하는 그 어떤 시험에서도 떨어져본 적이 없다. 이렇게 이야기하면 그림 같은 모범생 이미지가 떠오르겠지만, 실상은 그렇지도 않았다. 문제는 운동이었다. 어릴 때부터 유달리 덩치가 크고 힘이 좋았고, 무엇보다도 스스로가 몸을 쓰는 것을 좋아했다. 그런 탓에 웬만큼 힘이 들어가는 운동이란 운동은 모두 기웃거렸고, 학창 시절 이른바 폭력 서클의 유혹도 계속되었다. 당연히 성적도 들쭉날쭉하기 일쑤였다.

이런 나를 끝까지 다잡아준 것은 약속에 대한 이행이었다. 남과의 약속은 물론이고, 남모르는 스스로에 대한 약속도 묵묵히 지켜나갔다. 정신을 차려야 되겠다고 결심하면 지켜나갔고, 정도 이상의 일탈은 절대 하지 않았다. 그런 덕분인지 초, 중, 고교 12년 동안 개근상과 우등상을 유지해 놓치지 않았고, 대학교도 개근상 제도만 있었으면 그 기록을 이어나갔을 것이다.

이런 성격을 바탕으로 대학교에 들어가선 휴학 한 번 없이 졸업했고, 군대 문제를 해결하고 나서는 직장에 취직했으며, 결혼하고 나서는 아이를 낳았다. 가정을 가지면 충실히 돈을 벌어야 했다. 이런 탓에 몇 년 후면 70을 바라보는 나이지만 정년까지는 단 한 달도 인생의 정해진 길에서 벗어나 쉬어본 적도, 어긋나본 적도 없다.

그런 인생철학을 바탕으로 4개국 어학연수를 계획했었다. 이른바 삼삼한(?) 과정을 반복한다는 것으로 2020년 3, 4, 5월 3개월 동안 스페인어 어학연수를 한 뒤 귀국하여 6, 7, 8월 3개월간 국내에서 재충전하고, 다시 프랑스어 어학연수를 9, 10, 11월 3개월간 떠난다는 계획이었다. 그다음 계획도 비슷했다. 프랑스어 연수 후 다시 귀국하여 국내에서 2020년 12월, 2021년 1, 2월 3개월간을 재충전 기간으로 지낸 후 중국으로 출발한다. 중국에서 역시 2021년 3, 4, 5월 3개월간을 공부한 뒤

6, 7, 8월 국내 재충전, 그리고 마지막으로 그해 9, 10, 11월을 일본에서 어학연수의 대장정을 마무리한 뒤 귀국한다는 것이었다.

그러나 코로나19 사태로 상황이 급변하기 시작했다. 한번 정한 약속은 지켜야 한다는 강박관념으로 페루에서 체류 중인 5월경에는 갈등이 심했다. 국경이 폐쇄되었다고는 하나 이른바 인도적 항공편vuelo humanitario이 미국을 중심으로 유럽, 멕시코 등으로 한 달에 대여섯 편 이상 지속적으로 있었다. 실제 페루에 머물던 우리나라 국민들 백수십 명이 이를 통해 귀국하기도 했다. 결국 어떻게 해서든 귀국을 해서 다소 어수선하지만 정해진 스케줄을 지켜나가느냐 마느냐의 결정을 해야 했다.

장고 끝에 개인적으로는 그야말로 대단한 발상의 전환을 하였다. '꼭 정해진 계획대로 되지 않으면 어떠냐. 이제는 더 이상 정해진 시간의 틀에 연연하지 말자. 약속이라는 빈틈없는 굴레에서 벗어나 조금은 유연해지자. 올해의 프랑스어 연수를 내년으로 미루고 그 대신 올해에는 스페인어 연수를 조금 더 하자. 그만큼 스페인어 연수가 더 충실해질 것이고 이어지는 프랑스어, 중국어, 일본어 연수도 필요하면 비슷하게 연수 기간을 늘려도 상관없는 것 아니냐.'

그런 발상의 전환 끝에 2020년 6월 초로 예정되었던 귀국 일정이 11월 초가 되었다. 귀국이 미뤄진 만큼 어학연수라는 측면에서는 보다 더 충실한 시간을 보낸 것으로 자평하고 있다. 이제는 스페인어 어학연수의 경험과 성과를 바탕으로 2021년의 프랑스어 어학연수를 어떻게 하면 보다 의미 있게 할 수 있을까를 고민할 차례다. 아무쪼록 이 모든 결정들이 훗날 다시 생각할 때 '신의 한 수'가 되어 있길 겸허한 마음으로 바란다.

나는 페루에서 비로소 자유로워졌다

초판 1쇄 발행 2021년 9월 15일

지은이   김원곤

발행인   정경진
편집   김진희
표지 디자인   서영석
본문 디자인   정보라
교열   김화선
마케팅   김찬완

펴낸 곳   ㈜알피코프
출판등록   제2012-000067호(2012년 2월 22일)
주소   서울 강남구 삼성로 634
문의   02-2002-9880
블로그   the_denstory.blog.me
ISBN   979-11-91221-15-2 (03810)
값   14,500원

이 책은 저작권법에 의해 보호받는 저작물이므로 무단 전재와 무단 복제를 금지하며
이 책 내용의 전부 또는 일부를 인용하거나 발췌하려면
반드시 저작권자와 ㈜알피코프의 서면 동의를 받아야 합니다.

Denstory는 ㈜알피코프의 출판 브랜드입니다.
파본이나 잘못된 책은 구입하신 곳에서 바꿔드립니다.